JN125522

六月のぶりぶりぎっちょう

万城目学

文藝春秋

目次

装画　石居麻耶
装丁　池田デザイン室

六月のぶりぶりぎっちょう

三月の局騒ぎ

にょご。

私はむかし、にょごだった。

と言っても、二十年以上もむかしの話だけれども。

「2001年京都の旅」

そんなキャッチフレーズを心に掲げ、私は京都にやってきた。実際は旅ではなく、ひとり暮らしが目的だったわけだが、映画の原題は「2001：A Space Odyssey」だから問題ない。オデッセイの意味には「冒険」も含まれる。

そう、私にとって京都は冒険の地だった。

はじめて親元を離れ、大学入学と同時に新生活を開始する。でも、完全にひとり暮らしをするのは自分も親も心配なので、折衷（せっちゅう）案を取って寮に入ることにした。

ひとつの大学の管理下にあるものではなく、京都市内のいろんな大学の学生が入居できる寮だった。探してきたのはお父さんで、入学手続きをしたついでに、大学近くの不動産屋で現物を見ずに契約を済ませたと言っていた。

思うに、もしも現地まで足を運んでいたなら、お父さんはハンコを押さなかったはず。なぜなら、第一印象は掛け値なしに最悪だったからだ。

お母さんといっしょに京都駅からタクシーに乗り、白川通から東へ入り、しばらく坂を上った先で車から下りたときの衝撃は今も忘れられない。

おりしも天気はにわか雨。古いコンクリートの壁面が雨に濡れて暗く陰り、澱んだ雰囲気が惜しげもなく曇天に放散されていた。しかも、壁面にはびっしりとツタが絡まり、気味が悪いことこの上ない。建物の側面にくっついている外階段は遠目にも赤く錆びつき、玄関脇のプレートに記された「北白川女子寮マンション」の文字はほとんど剝げて消えかかっていた。

荷物を互いの手に提げながら、お母さんと二人、しばし呆然と建物を見上げた。

親元を離れ、こんな魔窟のような場所でひとり暮らすのか――。何だか泣きそうな気分になって、そのままお母さんといっしょに家に帰りたいと本気で思ったが、踏ん張った。

きっとお父さんは悪徳不動産屋に騙されたんだ、と坂を下りていくタクシーのエンジン音が遠ざかるのを聞きながら、一時は絶望感に頭のてっぺんまで浸かった私だったが、その後、前向きな心を取り戻すまでにかかった時間は案外短かった。というのも、おどろおどろしい外観とは裏腹に、こぎれいで掃除の行き届いた建物内部であったり、いつもニコニコと対応してくれる寮監（りょうかん）先生（寮母さんのこと）の存在であったり、エントランスでくつろぐ、寮の看板猫であるカワタケとクレタケのキュートさであったり――、右も左もわからぬ京都ニューカマーをあたたかく迎えてくれる、非常に暮らしやすい環境が整っていたからである。

入寮後半年もすると、あれほど怖（お）じ気づいて入り口をくぐったはずのオンボロ寮が、それなりに由緒ある、味わいある「わが住みか」に感じられるようになるのだから、人間の適応力とは不思議である。

不思議と言えば、寮内で用いられる呼称がとにかく独特だった。

当時は「京都にある寮だしなあ」などと勝手に納得していたが、大学卒業後、同じく女子寮で生活した人たちの話を聞く機会に触れるにつれ、どうも普通ではなかったことが徐々に判明した。

まず、寮生のことを「にょご」と呼んだ。

漢字で書くと「女御」となる。

平安時代、天皇は大勢の妃（きさき）を身のまわりに置き、彼女たちは「女御」と呼ばれていた。

要はプリンセスのことである。

もちろん、北白川女子寮マンションはその名のとおり、男子出入り厳禁の女の園。女御といっても、いったい誰の妃なのか？　と疑問が湧くところかもしれないが、実際のところ、誰もそんなことは気にしていなかった。

「にょごのみなさん、にょごのみなさん――。明日とあさってはボイラー点検のため、午前の大浴場の使用はできません。ご注意くださいますよう」

館内アナウンスで呼びかける、寮監先生のおっとりとした口調が今も耳に残っている。

建物の呼び方にも独自のセンスが光っていた。

北白川女子寮マンションは二つの建物から成り立っていた。北白川の傾斜ある地形に建っていることもあり、東西に独立した建物を一本の渡り廊下がつなぐ、という構造だった。二つの建物はほぼ同じかたちで、真ん中に中庭を置き、それを「ロ」の字にぐるりと囲む回廊型の三階建てを採用していた。中央に各部屋のドアが向いているので、どの階であっても部屋から廊下に出ると、そこから窓越しに中庭を望むことができた。

東西二つの建物には、それぞれ呼び方があった。

建物の中央に陣する中庭が、名前の由来になった。すなわち、寮の玄関がある西側の建物の中庭には、たくさんの薔薇（ばら）が植えられていた。庭の中央にアーチのようなものを設置し、そこに薔薇の枝を這わせて、その周囲にも薔薇が両脇に並ぶ通路を拵（こしら）え、ちょっとした薔薇園の様相を呈していた。

薔薇の手入れは、すべて寮監先生が行った。建物自体は隠しようがないほどボロであっても、内部の雰囲気が決して暗くなかったのは、一年を通じて建物のあちこちに寮監先生が緑や花の飾りつけを欠かさなかったことも大きかった。

なかでも、中庭における薔薇の咲き誇りぶりは圧巻の一言だった。

二年前、私も自宅の庭で、中学生の娘と薔薇の栽培にチャレンジしてみたが、あんな面倒なものとは知らなかった。種から育てようと試みるも、二年経っても花は咲かず、そのまま夏の猛暑にやられ、無念の枯死を見届けることになった。

今となってはわかる。寮監先生の園芸の腕前は相当なものだった。五月の中ごろから中庭でいっせいに花を咲かせる色とりどりの薔薇こそが、建物のシンボルであることは言うまでもなく、にょごたちはこの西側の建物を「薔薇壺（ばらつぼ）」と呼んだ。

一方、東側の建物の中庭には、中央に水の涸れた噴水が置かれ、それを囲むように背の高い棕櫚（しゅろ）の木が四本立っていた。こちらの庭はコンクリートで地面のほとんどが固められていたこともあって、寮監先生も緑を植える隙がなかったと思われる。築五十年近い寮の建物の雰囲気をぞんぶんに漂わせながら、円形の噴水に面して古ぼけたベンチがさびしげに並ぶばかりだった。西と呼応するように、にょごたちはこの東の建物を「棕櫚壺（しゅろつぼ）」と呼んだ。

「何なの、壺って？」

当然、私は訊ねた。

訊ねた相手は隣のシマの椎ちゃんこと椎本初音(しいもとはつね)である。

新入生には一部屋につき三人で共同生活を送るという、相部屋ルールが適用されていた。十畳ほどの部屋を三つに仕切り、隣人のシマとの間にはすだれを下ろす。各人の持ちスペースとして壁際に勉強机代わりのちゃぶ台、その右側に本棚が設置されている。部屋の明かりが強制的に消灯されるのは午後十一時。たとえば、それまであぐらをかいた姿勢でちゃぶ台机に向かっているとすると、背中側の空いたスペースに布団を敷く。それだけで個人のテリトリーがすべて埋まってしまう狭小空間だったが、不満はなかった。むしろ、すだれを隔てて、すぐ隣に友人がいるという心強さが、一度もホームシックにかかることなく、京都での新生活に馴染むことができた、いちばんの要因だったように思う。

「壺っていうのは中庭のことだよ」

少しカエルに似ていなくもない愛らしい顔で、椎ちゃんはケロリと答えた。

「それって関西弁?」

ちがうちがう、と彼女は笑いながら手を振った。

「もっとむかしの言葉」

平安時代、天皇が住む内裏(だいり)の中に、さらに妃たちが住むエリアがあった。妃たち、すなわち女御のみなさんの住居には中庭が設けられ、人々はそれを壺と呼んだ。その壺の植栽によって、建物の呼び名がつけられたのだという。たとえば、藤の木が植えられていたなら「藤壺」、梅の木なら「梅壺」というように——。

「だから、薔薇壺？　中庭に薔薇園があるから？」

棕櫚があるから棕櫚壺だし、そうなんじゃない？　関心なさげにうなずく椎ちゃんは、私とは違う大学に通う文学部の学生だった。

すると、椎ちゃんの向こうで、柏木野分（かしわぎのわき）ちゃんが、

「ここってさ、そういうの好きだよね。これも『御簾（みす）』って言うらしいし」

とすでに敷いた布団に寝転がったまま、片足を天井にすっと伸ばした。足が示す先には、巻き上がった状態のすだれが見える。

野分ちゃんと言えば思い出すのが、ストラップだ。多分にギャル気質強めだった野分ちゃんは、これでもかというくらい携帯からストラップを垂らし、常にじゃらじゃらと派手な音を鳴らしていた。

私が京都にやってきた二〇〇一年といえば、写真を携帯電話からのメールに添付して送ることが最先端だった時代。写真付きメールを「写メ」と呼び始めたのもこのあたりではなかったか。当時、まだ元気だった日本の電機メーカーは競って携帯の機種端末を販売していた。どれほど小さく、軽くするかが、各社喫緊の課題であり、

「さんざん頭をひねって、やっとのことで一グラム軽量化しても、高校生の女の子が百グ

ラムのストラップをつけてしまう」

とぼやく開発者のインタビュー記事を読んだときは、野分ちゃんの七夕の笹飾りのようなストラップの束を思い出し、笑ってしまったものである。

「どういうネーミングセンスなんだろうねえ」

椎ちゃんが「関西ウォーカー」の映画紹介欄をめくりながら、あくびをする。

消灯時間まであと十分。私は立ち上がり、椎ちゃんとの間の仕切りをするすると下ろした。

野分ちゃんの言うとおり、隣人との間に下ろすすだれを、寮生たちは「御簾」と呼んだ。

確かに奇妙なネーミングセンスであるが、平安時代的と言えるものは、「にょご」「壺」「御簾」くらいで、あとはごく一般的な名称が使われていた。一日二度、用意される食事も朝食に夕食。まさか朝餉（あさげ）、夕餉（ゆうげ）と呼ぶはずもない。

いや、違った。

ひとつ、大事な呼び名を忘れていた。

北白川女子寮マンションでは、にょごたちの部屋のことをこう呼んだのだ。

「局（つぼね）」と。

*

お局様という言葉がある。

職場における、いけずな古株女性を揶揄(やゆ)するニュアンスで用いられるこの「局」だが、本来は部屋を意味する言葉だった。

平安時代、天皇が住む内裏に勤める女官たちは、建物に仕切りを設け、自分たちの私室とした。このプライベートスペースこそが「局」だった。

その後、身分の高い女性の職名として使われるようになり、江戸時代、大奥に君臨したことで有名な将軍家光の乳母は、日本の局のトップランナーとして天皇から「春日局」の称号をいただいた——、これも椎ちゃんが教えてくれた蘊蓄(うんちく)である。

部屋のことを局と称する独自のしきたりは部屋番号を呼ぶ際にも適用され、たとえば「三号室」ならば「三番局(つぼね)」と変換がなされた。

いちいち面倒なことを、と思わないでもない。だが、慣れてしまうと案外、気にならないものである。当時は携帯電話が完全には普及しておらず、寮監先生の部屋の前には黒電話が設置され、外部からかかってきた電話を寮監先生が取り次いでいた。

「棕櫚壺、二十八番局(つぼね)の竹河(たけかわ)さん——、ご実家からお電話です」

部屋番号、否、局番号を告げる寮監先生の声が、土日になると頻繁に館内に響いた。ちなみに、私の一回生時の部屋は「薔薇壺、十一番局」だった。

「部屋のことを局と言うなら、寮のことも何かに言い換えたらいいのに」

「寮は平安時代も使っていた言葉だからね。当時から寄宿施設という意味だったし」

何でも知っている椎ちゃんだったが、流行のJポップにはとんと疎かった。野分ちゃんが「ねえ、聴いてよ。十六和音の機種に交換したんだ」と流行りの曲を、携帯電話に一音ずつ手打ち入力した自作の着メロを披露しても、どこまでも反応が薄く、「つまんないなあ」とよくクレームを受けていた。

「自分を信じてゆくのだぴょ〜ん」

携帯から鳴り響く、独特な音色の和音とともに、野分ちゃんがハスキーボイスで歌っていたあの頃、どれくらいの数の学生が寮内で生活していたのだろう。正確なところはわからないが、東西の建物合わせて百数十人が生活していたはずだ。はず、というのは定員は百五十名と決まっていたが、一人、また一人と砂がこぼれ落ちるように寮を離れていくからだ。

ネックは何といっても門限の存在だった。

門限十時、消灯十一時。

どんなことがあっても揺るがぬ鉄則だった。

遊び盛りの大学生には厳しすぎる制約だったかもしれない。でも、入寮の際に両親はもちろん、ときに本人もが抱く希望として「安全で堅実な学生生活を送る」という大命題があるわけだから、そこは致し方ない。

ただし、飲み会を早く切り上げて帰ることはできても、問題はアルバイトのシフト時間だ。学校の授業が夕方に終わり、それからアルバイトに励もうにも、午後九時半には上がらないといけない。これでは稼げないし、そもそも勤務先のシフト予定に組みこんでもらえないこともある。

こうなると、学費を自分で稼がねばならない学生は苦しい。夏休みを終えたあたりから、新入生のなかで退寮者がぽつり、ぽつりと出てくる。もちろん、退寮の理由はアルバイトだけではない。彼氏ができたとか、寮生活が肌に合わなかったとか、留学することになったとか、様々だ。

わが十一番局は、夏休み中に彼氏ができた野分ちゃんが、年明けまでに二度門限を破り、寮監先生から今度破ったときはご実家に報告します、とやんわりと警告を受けた。本人も「局暮らしって窮屈だなあ」とぼやき始め、どうなることやらと気を揉んだが、何とか踏み留まった。その後も彼氏とは別れてはくっつきを繰り返しつつ、結局四年間、野分ちゃんとはともに局暮らしを続けることになる。

二回生になるタイミングで「薔薇壺、十一番局」チームは解散。新学期が始まる前の三月、私は新しい部屋に移った。

　二回生からは三人部屋が二人部屋になる。部屋の広さは同じくらいなので、一気に自由度が増したように感じられた。

　二年目のわが住まいは「薔薇壺、三十四番局」と決まった。フロアは一階から三階へ。階段の上り下りが面倒ではあったが、そのぶん窓からの眺めがよかった。これまでは隣の敷地のブロック塀が窓の正面に居座っていたのが、三階からだと西側になだらかに広がる街並みを見渡すことができる。はるか遠方には、五山の送り火のひとつである左大文字が、こんもりと木々が茂った山肌に「大」の字をへばりつかせていた。

「あっちのほうに鳥居形も見える。かなり小さいけど、わかるかな」

　左大文字を差した指を左へと移していく、新たな同居人である東屋（あずまや）みゆきさんの言葉に従って目を凝らしたが、どれのことを言っているのかわからない。

「目がいいんですね」

「他の四つと違って結構、低い位置なんだよね、鳥居形って」

　みゆきさんは三回生だった。去年からこの局で暮らしていて、同居人は同じ大学の同級生だったらしいが、年度が変わるのに合わせて、寮を出ていったとのことだった。

　毎年、春の時点では、入居者の半数近くを占める新入生であるが、三回生になるまでにその六割が寮から去っていく。四回生になると、さらに人数が減る。

「送り火のときになったらわかるよ」

みゆきさんはヘアバンドの下からのぞく、秀でた色白のおでこをぽりぽり掻きながら、ちゃぶ台机の前に座った。

「あ、パソコン」

みゆきさんの前には、寮に来てはじめて目にしたノートパソコンが置いてあった。

「え？　インターネットとかできるんですか？」

できないよ、とみゆきさんは画面を立ち上げながら笑った。

私が二回生になった二〇〇二年。Ｗｉ－Ｆｉなんて気の利いたものはまだ普及しておらず、個人がインターネットにアクセスするには有線でパソコンとつなぐしか手段がなかった。ＩＳＤＮやら、ＡＤＳＬやら、インターネット用の回線がようやく引かれるようになった時代である。それにともない、インターネットの接続料金がお安くなりました！　というテレビや雑誌の広告は日を追うごとにやかましくなり、何のこっちゃ、と思いつつ、デジタルに関する社会環境が急速に変化していることを肌で感じさせられた。何しろ私が高校生の頃は、電話回線を使ってインターネットにつないだ時間だけ、お金を払う必要があり、月に何十万円の請求が来ることもある、なんて話をよく聞いたからだ。

にょごたちがアクセスできる電話回線の引かれている場所が、寮監先生の部屋前しかない以上、寮でインターネットを使うことは不可能である。ゆえにパソコンを購入しようと考えたことはなく、もっぱら、大学のパソコンルームでの利用に限られていた私だが、みゆきさんは設計図の計算をするためにパソコンを使っていた。彼女は同じ大学の工学部建築学科に所属していた。

「これからはますますインターネットの時代になるだろうね。何でもネットでできるようになる。そのうち、大学に行かなくても、部屋で授業が受けられるようになるかもよ」

コロナによる自粛期間、子どもたちの自宅学習が決まったとき、まっさきに思い出したのがみゆきさんの言葉だった。あれから二十年が経過し、まさか、こんな状況でタブレット一枚を使って、リモートで中学校や小学校の授業を受けることになろうとは——。複雑な気持ちで、食卓から聞こえてくる担任の先生の声を受け止めたものである。

みゆきさんのパソコンに対する探究心は本物で、「自作のパソコンを作ってみたい」とネット環境のある部屋を求め、四回生になるタイミングで寮を離れていった。

集中すると、何時間でも無駄口をいっさい叩かず、ひたすらパソコンに向かっている人だった。一方で、オフの時間はとても話し好きで、今でも覚えているのは、

「日本最初のインターネットカフェは一九九五年、京都で誕生した。場所は四条通の大丸の向かい側。ウィンドウズ95が発売される前にオープンした」

というやはりパソコン関連の話だ。これだけ保守的なものが生き残っている一方で、ぬけぬけと真新しいことに手を伸ばすのが京都の奇妙なところである。さんざん伝統的な和

食イメージの守護者として振る舞っておきながら、実はひとりあたりのパンの消費量が日本でもっとも多い街でもある。

御簾が下がった向こうで、最新のノートパソコンを駆使して研究に打ちこむみゆきさんの姿は、京都の持つ二面性の象徴と言えたかもしれない。

お互いまったく趣味嗜好が異なり、かつ学年が違っていても、良好な人間関係を築くことは可能だと教えてくれたのはみゆきさんだった。大学卒業後、入社した会社で先輩の女性社員たちと比較的スムーズに打ち解けることができたのも、相手との適度な距離感の保ち方をすでにつかんでいたことが大きい。

寮を去るタイミングで、割のいい家庭教師のアルバイトの口を譲ってくれたのも彼女だった。その後、就職活動に励んだ際、いちいち東京まで足を運ばないといけない、地方の大学生の経済的負担軽減に（結局、就職先は大阪だったが）、どれほど助けになってくれたことか。

そして、四年間にわたる寮生活のなかでもっとも鮮烈な印象を残し、いまだに不思議な感覚とともに思い返すキヨの存在を、最初に教えてくれたのもまた彼女だった。

＊

先月、高校に通う娘に、自分が大学生だったときの話をしたら、部屋にテレビもネットも電話もない状態で、いったいどうやって暇つぶしをしていたのか、と真剣な顔で訊ねられた。

面と向かって訊ねられると、はて、何をしていたっけ？　と答えに詰まるわけだが、おそらく雑誌であったり、本であったり、音楽であったり、それまで何十年もの間、若者がこなしてきた伝統的な時間の使い方をしていたはずである。

たとえば、「薔薇壺、十一番局」にいた時分には、椎ちゃんのちゃぶ台机横の本棚に並んだクラシックな文庫の蔵書から、ときどきオススメの一冊を借りていた。

そこで、私は夏目漱石著『坊っちゃん』に出会った。

これにハマった。

何度も繰り返し読んだ挙句、椎ちゃんを連れて愛媛の道後温泉まで出かけ、湯舟で坊っちゃんの真似をして少しだけ泳いだくらいだ。

今は聖地巡礼なんて便利な言葉があるけれど、当時はまだ作品への愛着と行動が一体化した情熱を誰も言語化できておらず、「おっかけ」とは違うし、「フィールドワーク」でもないし、「熱烈ファンによる作品舞台をまわる旅」という長ったらしい表現にならざるを得ないのが実にもどかしかった。

そんな私ゆえ、『坊っちゃん』に登場する、最高にキュートなおばあさん「清（きよ）」のことも当然、大好きになった。

作品のなかにおける清の行動は、いつだってズレている。ただし、物語の主人公である坊っちゃんもかなりズレているので、ズレた者同士が共鳴し合って、魅力的な人物が勢ぞろいする作品のなかで、清は随一の愛らしいおばあさんに仕上がっていた。

清のよい点は、とにかくやさしいところ。坊っちゃんの家に勤めるお手伝いとして、幼少期から彼の世話をしていただけあって、贔屓(ひいき)の引き倒しなところもあるが、坊っちゃんに注がれる慈愛の深さを記す文章に触れて嫌な気分になる人なんて、きっと世の中に存在しないはず。

つまり、私には特段の清愛(きよ)があった。

清という名前を聞いただけで、無条件でその相手は善人だと思いこんでしまう、そのくらいのリスペクト&ラブ。

それだけに、「清(きよ)」という人がいると聞き、私の心はときめいた。

絶対にいい人に違いない、と根拠もなく確信した。

そもそも、なぜ清の話題が出たのかというと、三月に入って、みゆきさんが退寮の準備を始め、

「来年度、私は誰とペアになるんですかねえ」

とふと漏らした私のひと言に対し、

「あれ、知らないの？」

　と彼女が驚いた顔を返してきたことに始まる。

「知らないって、何をですか？」

「誰と二人部屋になるかは、自分で決めてもいいんだよ」

　みゆきさんによると、三回生からは個室か二人部屋かの選択権が発生するのだという。

二人部屋ならば、誰といっしょになりたいかまで希望を出すことができる。希望がなければ、二回生以上のにょごがランダムに割り振られる。みゆきさんは引っ越しが面倒だから、この局のままでいいという希望だけを出し、その結果、私がやってきたということらしい。

「三回生でも個室に入れるんですか？」

「余っていた場合はね」

　北白川女子寮マンションは学部生のみを受け入れる方針のため、院生はおらず、四回生になると個室が与えられるという情報は、誰からともなく耳にしていた。でも、上回生が暮らす個室は、普段、ほとんど足を踏み入れることのない棕櫚壺にあったため、隣の棟であっても、何だか別世界の話に感じられた。

　毎年三月の春分の日、四月から新たに三回生になるにょごと、それ以上の回生のにょごが集い、局の割り当てに関する話し合いが行われる、とみゆきさんは教えてくれた。

「この寮でいちばんの古株って、やっぱり四回生なんですか？　留年している人はいないのかな?」

ふと疑問をぶつけたところ、みゆきさんは「そりゃ――、キヨだろうねえ」と何だか遠くを見る目で、彼女の名前を口にしたのだ。

「キヨ?」

「みんなから、そう呼ばれている。この寮にいちばん長くいる。もちろん個室組」

「キヨって、ひょっとして『清い』のキヨですか?」

「漢字はわからないけど……、たぶん、そうじゃない?」

「すごい! どんな感じの人ですか? それ、下の名前ですか、それともあだ名ですか? いちばん長いってことは、留年してるってことですか?」

いつ何どきだって論旨明快、理路整然をよしとするみゆきさんが、妙に答えにくそうな顔をした。清という名前への愛着から、むやみに質問を重ねてしまったが、確かに人の留年についてあれこれ訊くものではないかもしれない、と少し反省していたら、

「わからないんだよね」

とトーンを一段落とした声が聞こえてきた。

「わからない?」

「どこの大学に通っているか、何を勉強しているか、何回生なのかも――、全部謎」

「でも、ここにいるってことは……」

「そう、学部生なのは間違いないだろうけど」

そのときは、それきり、みゆきさんがパソコンの作業タイムに入ってしまい、話は打ち切りとなった。

数日後、食堂で夕飯を食べていたら、「若菜(わかな)ちゃん」と名前を呼ばれた。はい、と顔を上げると、トレーを持ったみゆきさんが立っていた。

「テレビのとこ」

急に声を潜めると、手にしたトレーの角の部分でもって「ほれ、あっち」とばかりに指し示した。

言われるとおりに顔を向けると、テレビの前に座っている人がいる。

「キヨだよ」

茶碗を左手に、ごはんを運ぶ途中だった右手の箸の動きを止め、キヨを凝視した。これまで見かけたことがあったか、記憶を確かめるが、心当たりはない。もっとも、毎晩百人以上が食事をする場なので、知らない顔はいくらでもいる。

「会ったことないかもです」

「めずらしいよ、食堂にいるなんて」

いちばんの古株というのだから、それ相応の貫禄ある外見を想像していたが、いたって普通、むしろ目立たないくらいである。

「すれ違ったことがあっても、覚えていなそう」

素直な感想を返したら、すでにみゆきさんは食べ終えたトレーを返却スペースに運び、出口へとすたすた向かっていた。

私は苦手ゆえに最後まで残していた豆腐を細かく崩して口に運びながら、そっと彼女を注視した。

食堂の隅には談話スペースとして、寮内に存在する唯一のテレビが置かれていた。みゆきさんによると、二年前、太っ腹な寮ＯＧが最新の平面ブラウン管テレビを寄付してくれるまでは、画面の横にダイヤル式チャンネルがついた、オンボロのテレビが鎮座していたのだという。

テレビの前にはローテーブル、それを囲むように、がっしりとしたパイプフレームのソファやひとり掛けイスが置かれていた。普段は、見るからに上回生と思しき人たちが、ジャージ姿でどっかりあぐらをかいてソファを占拠し、ドスの利いた笑い声を上げているので、敬遠しがちなスペースだった。それでも、おととしの9・11のテロ事件のときは、情報を聞きつけた何十人もの寮生が食堂に集まり、作りもの映像にしか思えないニューヨークの惨状を、消灯時間ギリギリまで言葉少なに見守った。

キヨはテレビの前に、ひとりで座っていた。

夕食どきはいつも埋まっている左右の観覧ソファは不思議と無人で、彼女は片膝を立て、リモコンを手に気だるげな表情でテレビを見ていた。

豆腐を食べ終え、私は席を立った。トレーを返却スペースに戻し、談話スペースの横を抜けて出口へと向かう途中、ソファ脇のマガジンラックの手前で足を止めた。

そこに突っこんである今朝の新聞を読むフリをしながら、至近の距離から彼女を盗み見した。

それまでソファの背もたれ部分に隠されていた、髪の長さがまず目に入った。ウェービーな髪を腰の近くまで垂らし、少し猫背の姿勢で、立てた片膝にあごを載せている。おそらく小柄な体格だろう。顔が小さい。睫毛は長く、全然瞬きをしないため、色白の肌質とも相まって、どことなく人形めいた雰囲気を放っていた。唇の端に、テレビをおもしろがっているのか、それとも冷ややかに見守っているのか判然としない、薄い笑みが常に浮かんでいるのが印象的だった。

率直に言って、私が抱くやさしい「清」へのイメージを、あまり持ち合わせてはいなそうだった。まったく勝手な話だが、少しがっかりした気分で新聞を畳んだ。

番組がCMに入ったところで、彼女はちらりとこちらに顔を向けた。視線が触れ合う寸前で、身体を屈めて新聞をラックに戻すと、そそくさと食堂をあとにした。

＊

皆がそれを当たり前と捉えたとき、そこに文化が生まれる、とは私が履修した大学ゼミの先生の言だが、北白川女子寮マンションにおける種々の独自の言葉遣いを思い返すに、私たちもまた、小さな文化を編み出し、守り続けていたということだろう。

さらには京都の学生として、もっと大きな文化を継承する、その一翼を担っていたとも言える。

すなわち「回生」文化である。

京都では大学生の学年を、「年生」ではなく「回生」で呼ぶ。

はじめてその呼び方を聞いたときは「何ぞ、それは？」と戸惑ったものだが、すぐにその使い方にも慣れてしまった。一回生の夏休み、地元に帰省して高校時代の友人と会っている最中、気づかぬうちに口にしてしまい、「ジョーカイセー？」と怪訝な顔で返される始末だ。

基本的に「年生」も「回生」も意味は同じだが、違いが発生するのは、足踏みしてしまったときだ。

たとえば、ある大学において、一定の単位を修得しないと二年生から三年生に進級できない、という仕組みがあったとする。

もしも進級できなかった場合、二年生は次の年も二年生のままだ。要は落第だ。しかし、「回生」ルールの場合、三回生になる。実際に進級していようといまいと、何度春を迎えたかで「回」が刻まれていくのだ。

「ねえ、キヨって知ってる？」

椎ちゃんからいきなり問いかけられたとき、私は風呂場の洗い場でシャンプーをしながら、来月で三度目の春が来て三回生になるのだなあ、ゼミは何を選択しよう、などとぼんやりと考えている最中だった。隣の洗い場に座った椎ちゃんは、私の返事を待つことなく、

「棕櫚壺のにょごさんで、この寮でいちばん長く住んでいるらしいよ」

と勝手に話し始めた。私がみゆきさんから聞いたように、同じタイミングで彼女も上回生からその名前を聞いたのかもしれない。

「おととい——、食堂でそのキヨさんに会ったよ」

「十二回生なんでしょ」

「誰が？」

「だから、キヨ」

額から泡が垂れているにもかかわらず、「うえ？」と思わず目を開けてしまった。

「痛い、痛い」

椎ちゃんが「大丈夫？」とすぐさま顔にシャワーをかけてくれる。

「どういうこと、十二回生って」

ようやく目を開けられるようになって訊ねるも、普段から文学部系おっとりを貫く彼女には似合わぬ、極秘任務中のスパイであるかのような素早い動作で左右を確認し、

「人が多いから、ここではちょっと」

と声を潜めた。

結局、風呂を出たあと、二人で玄関ホールまで移動した。自動販売機でオロナミンCを二本買って、玄関脇の応接セットで向かい合って座った。

「無理でしょ」

オロナミンCの栓を開けるなりの、私の第一声だった。

「十二年もいたら、退学処分になるでしょ」

「大学には八回生までいられるから、そこに休学の四年を足すと、十二回生までは大丈夫なんだって」

理屈では可能なのかもしれない。でも、そんな人、本当にいるのだろうか。もしも、今十二回生ということは、何年前に入学……え？　一九九一年に入学？　まだ、ソ連があったんじゃない？

「最近、日が長くなったねえ」

窓の向こう側に見える西の空に、のんびりと視線を送り、「もうすぐ、春分の日だよね」と椎ちゃんは瓶を口元で傾けた。

「新しい局についての話し合いがあるんだっけ？」

「そう、棕櫚壺会が開催される」

特に説明されずとも、二年間のにょご生活を経験しただけあってピンときた。どうやら、新年度の局の割り振りを決める話し合いのことを「棕櫚壺会」と呼ぶらしい。

「おいで、クレタケ」

そこへ寮のアイドルである黒猫のクレタケが音もなく現れ、椎ちゃんの声に導かれるように近づいてきた。

「カワタケはいないの？」

頭を撫でられてから、椎ちゃんの足に顔をぐいと、次に胴体をこすりつけるようにして通り過ぎる。ちなみに相方のカワタケはまさに対を成すように真っ白な猫だ。「クレタケ」と私も呼んだが、そのまま二人の間に置かれたローテーブルの下に潜りこんでしまった。

「でも、私がこの前聞いた話じゃ、キヨさんがどこの大学に通っていて、何回生なのかも全部謎だって――」

「目撃されたんだよ」

「目撃？」

風呂場での予想どおり、同室の三回生から教えてもらったばかりだという話を、椎ちゃんは玄関ホールが完全な無人であるにもかかわらず、声を潜め語り始めた。

なぜ、キヨが十二回生という情報が急に出回ったのか？

それは目撃情報が報告されたからである。

二カ月前、とある寮ＯＧが初詣に京都を訪れたついでに、九年ぶりに寮に顔をのぞかせた。そこで彼女はキヨに会った。正確には「見かけた」らしいが、彼女は仰天した。なぜなら、はるか以前、自分がにょごだったとき、この北白川女子寮マンションでキヨと会っていたからだ。

彼女は寮監先生に確認を取ろうとした。しかし、今の寮監先生は五年前に交代した人で、にょごさんがいつから入寮しているかの記録は不動産屋かオーナーじゃないとわからない、と回答された。

「しかも、九年前もキヨは個室にいた。当時も今と同じルールだったらしいから、キヨはその時点で、四回生以上だったということになる。でも、それだとキヨは今、十三回生になっちゃう」

「三回生でも――、部屋が余っていたら個室に入れるって聞いたよ」

「だよね。九年前に三回生なら、今、十二回生になるから、あり得るっちゃあり得る。でも、その場合、九年前に卒業したＯＧの人が四回生で、キヨは三回生だった、ってことでしょ?」

「それじゃ……、ダメなの?」

「そのOGが言うには、キヨは同期じゃなかったし、後輩でもなかった。キヨは先輩で、その人が知る限り、ずっと個室に住んでいた、って」

いつものゆったり口調で語られると、つい「そうなんだ」と納得して聞き流してしまいそうになるが、椎ちゃんが主張するところは「キヨは十四回生以上」というとんでもない内容である。

「それはさすがに……、OGさんの見間違いだよ。おととい会ったとき、三十歳を超えている人には見えなかった」

「私のバイト先にいる三十二歳の人、今も新歓の時期に大学の前を通ったら、新入生と間違えられてビラを渡されるって言ってた。小作りな顔だと案外わからないよ」

椎ちゃんは、風呂上がりゆえ清々しいくらいに眉がない目を細め、オロナミンCの瓶をくいっと一気に飲み干した。確かに小柄な雰囲気で、小顔ではあったけど――、と心で首をひねりながら私もオロナミンCに戻るも、口をつけてすぐに離してしまった。そうだ、私は炭酸が苦手なのに、何でこれ買っちゃったんだろう。

「私の同室の関屋(せきや)さんが、そのOGさんのいとこで、直接この話を聞いたんだって。商社で働いてる、すごく頭がいい人で、彼女が言うなら、九年前にキヨが個室にいたことは間違いない、って関屋さん、力説してた。そこからパッと話が広がって——、だから、みんな騒いでいるんだよ。特に上回生が」

「騒ぐ？　何で？」

すでに、同室のみゆきさんは引っ越しを完了し、つかの間のひとり暮らし状態になっている私は、最近の寮情報にはとんと疎い。

「少なくとも——って言い方も変だけど、十二回生なのは確定でしょ？　なら、キヨは来年度はいない。彼女の部屋が空くってことだよ。キヨの部屋は超特等席なんだって」

「超特等席？　めちゃ広いとか？」

「棕櫚壺の三階の角部屋で、五山の送り火のとき、大文字がばっちり見えるんだよ」

ああ、とあいづち代わりに声が漏れる。

「他の部屋からでも見えるには見えるけど、隣のマンションや木が邪魔になって、中途半端にしか見えないんだって。でも、キヨの部屋は違う。『大』の字が全部見える、って噂」

実は私、夏休みのお盆期間はいつも実家に帰省するため、これまで名に聞く送り火なるものを見たことがない。「送り火のとき、とても小さいけど見えるよ」とみゆきさんが教えてくれた鳥居形も、いまだ局の窓から眺める景色のどこにあるのかわかっていない。されど、お盆期間に京都に滞在する面々の間では、送り火が見える部屋に人気が集中する、特に寮からもっとも近い大文字側に、という話は聞いたことがあった。

「そんな最高のＶＩＰ席を、十二年？　それ以上？　独占していたのがキヨなんだよ」

ひょっとしたら、彼女は途中で大学を変え、結果的ににょごを続けているパターンではないかとも思ったが、推測の域を出ないしなあ、と考えを巡らせていると、小さなげっぷが飛び出した。これだよ、炭酸が苦手な理由、と口元を押さえた拍子に、ローテーブルの下から小さな顔がのぞいていることに気がついた。クレタケの黒い瞳が細かい光の粒を宿し、じっとこちらを見上げている。

「私さ――、キヨって名前好きなんだよね」

「何で？」

「椎ちゃんに貸してもらった『坊っちゃん』だよ」

「あ、そっちの清」

「清という名前の人はみんないい人だ、って何だか思いこみがあって。だから、そのキヨさんもきっと――、いろいろ事情があるんじゃないかな」

そうなのかもねえ、と椎ちゃんはおっとりと首を傾けたのち、

「あ、そう言えば、おもしろサイトを見つけたんだ。知ってる？」

と急に話題を変えてきた。

ときは二〇〇三年、インターネット黎明期。ぎこちない手作り感満載のデザインながら、さまざまな個人サイトが作られ、日々気ままにアップされていた。それらはまるで通学路

の途中におもしろい店が突如、発見されたかのように、口コミでもって学生たちの間に広まっていった——。デジタルの話題が逐一アナログな手段でつながれていく、そんな時代だった。

「そのサイトでね、『あなたの書いた暴露本が何万部売れるか』を判定してくれるの」

「暴露本?」

「名前とか年齢を入れて、質問にあれこれ答えて、最後にボタンを押すでしょ。ハイ、いくら売れました! って」

椎ちゃんはそこでピースサインを作った。

「私の暴露本は二百万部売れるんだって。何を暴露するのか、わからないけど」

「すごい、『ダディ』の倍だ」

「そうだ、若菜はまだ文章書いてる? 一回生のとき、たまにノートに書いていたでしょ。でも、書いても発表する場がないとか言ってなかった? 自分でサイトを作って、そこで発表したらいいんだよ」

「わ、私は違うよ。そんなのじゃないって。だいたい、ホームページの作り方なんてわからないし——」

いきなり思い出したくない過去のど真ん中を無邪気に突かれ、私は赤面しながら、オロナミンCをぐいっとあおった。

「それに自分で書くのはそんなに得意じゃないって、最近わかったし」

「え、どうしてわかったの？」

それは、といったんは言葉を呑みこんだが、椎ちゃんならいいか、と一年前の嫌な思い出をはじめて人に語った。

「友達がホームページを作ったの。写真とかを載せるサイトで、そこに随筆っていうの？　エッセイというの？　そういう感じの文章を書いて、って頼まれたからやってみたんだ。そんなふうに外に発表するの、はじめてだったからうれしかった。でも、しばらくしてそのサイトを見たら、感想を書くところに、私の文章へのコメントがあって……」

「え、何て？」

「下手くそ。こんな退屈なもの書くな、って」

「ひどい。それ、知ってる人？」

「全然、知らない人」

「知らない人なのに、いきなりそんな言葉で話しかけてくるの？　信じられない」

下手くそという文字を画面に見つけたときの、地震が起きたわけでもないのに、視界がグラリと揺れる衝撃。自分がひどくみっともなく、はずかしいことをしたようで、急にみじめな気持ちになった。友人にはサイトから自分の文章もそのコメントも、全部消してもらった。あのときの感覚が蘇り、いよいよ耳まで赤くなるのを感じて、瓶を耳にぎゅっと押しあてた。

ふと、ローテーブルの陰からクレタケの頭が見えなくなっていることに気づいた。身体を屈め、床面をのぞきこんだが、いつの間にか、姿を消してしまっていた。

*

春分の日、「棕櫚壺会（え）」が開催された。

当日、空は雲ひとつなく晴れ渡っていたが、朝から気温は低く、多くのにょごたちはオーバーやはんてんやダウンジャケットを羽織り、棕櫚壺の中庭に集合した。

総勢三十人くらいだろうか。

中庭中央にある円形の噴水とそれを囲む四本の棕櫚の間を埋めるように、二重三重に人垣を作っている。

私は椎ちゃんと並んで輪の外側に立ち、慣れない棕櫚壺の冷たい空気に手を擦っていた。野分ちゃんは彼氏とのデートで欠席。局選びは一任する、と事前アンケートで回答済みなのだという。

「別に薔薇壺でも棕櫚壺でも、どこでもいいよ。いびきと歯ぎしりがひどくない人だったら、同居人だって誰でもウェルカム。でも、それは事前にはわからないからねー」

前日、食堂ですれ違った野分ちゃんは、そう言ってカラカラと笑っていた。

事前アンケートには、「一階の部屋を希望」と書いて提出した。大学入学時からバレーボール・サークルに入っていた私はこの時期、膝を痛め、北白川の傾斜地に建つ寮と大学との自転車移動、さらに寮に到着してから階段を上って三階へ、というルーティーンが結構つらかったのだ。

棕櫚壺の中庭は寒かった。しかし、気温の影響以上に、居並ぶにょごたちの動きはぎこちなく、緊張の空気すら立ちこめていた。理由は言うまでもなかった。

キヨがいたからである。

「何で――？」

にょごたちの声にならぬ声が、目配せの応酬となって、ピンボールの玉のようにあちこち反射しながら飛び交っていた。忙(せわ)しない意識の往来を知ってか知らずか、キヨは誰と話すこともなく、ぽつねんと立っていた。予想どおり、小柄な人だった。椎ちゃんが「え？ どれ、どれ？」とその姿を探そうとしても、人影の向こうに隠れ、なかなか視認することができなかったくらいだ。

「これから棕櫚壺会を始めます」

噴水の縁に四回生のにょごさんが立ち、よく通る声で宣言した。

「まず、今の局からの移動希望を出した人、挙手願います」

いきなり出番がやってきて、「はい」と手を挙げた。

「手を挙げたなかで、二人部屋を希望する人はそっちの棕櫚に移動してください。個室希望の人はこっちの棕櫚。現状のままでよいという人はあっちの棕櫚の前に——」

そのとき、無音のどよめき——、空気だけが波打つ波動のようなものが、確かに中庭を走り抜けた。指示に従って場所を移動した私は、何が引き起こした反応だったかを数秒遅れで理解した。

「そっち」と示された棕櫚の真下に、キヨが立っていた。

間違った棕櫚に来たかと、いったん戻りかけたが、いや、間違っていない。間違っているのはキヨである。ここにいるということは、個室からの退去を意味するからだ。

集まったにょごたちは、そこにまるで見えない穴が穿(うが)たれているかのように、キヨの周囲半径一・五メートルを空け、各自の立ち位置を取っている。棕櫚独特の網を重ねたように幹を覆う、わしゃわしゃとした樹皮をバックに立つキヨの顔を、にょごたちの頭に隠れながら、そっと観察した。表情の読み取れぬ顔を前方に向け、微動だにせずにいる。調整担当のにょごさんがキヨの前で立ち止まり、明らかに困惑した顔で、手元の事前アンケートの束から一枚を取り出し、その内容について確認していた。それに対し、キヨは静かにうなずきを返す。

事前アンケートの提出はすなわち、来年度もにょごであり続けるという宣言だ。この数日間、寮内のあちこちで耳にした「キヨ十二回生説」が完全に否定された瞬間だった。同じく二人部屋希望の椎ちゃんが「三十歳を超えてるようには見えないね」と耳元でささやいてきて、同意のうなずきを返した。

それから三十分ほど話し合いが行われた。

「新しい局への引っ越しは、明日からとします。個室希望者の話し合いは引き続き、食堂で行います。それでは、棕櫚壺会をひとまず終了します。解散」

リーダーのにょごさんの声が中庭に響いても、「大丈夫?」と椎ちゃんが肩を叩くまで、その場に突っ立っていた。

大丈夫ではなかった。

棕櫚壺会が始まったときは、かけらも想像しなかった結果に心の整理がつかない。

確かに「同居人に希望はなし」と事前アンケートに記入した。だが、その相手がキヨに決まるなんて、思いつくはずないではないか。

*

翌日、荷物をまとめ、薔薇壺から棕櫚壺へ向かった。

「棕櫚壺、七番局」

新たな局は、希望したとおりの一階になった。階段生活とお別れできるのはありがたいが、代わりにこんな緊張を強いられる共同生活が始まるなんて聞いていない。

局の扉は開いていた。失礼します、と小声で告げて中に入ると、部屋の向こうのスペースにキヨが座り、段ボール箱から荷物を取り出している最中だった。

「よろしくお願いします。賢木若菜(さかき)です」

何か声のようなものが発せられた気がしたが、聞き取れなかった。

キヨはすっと立ち上がった。

話しかけてくれるのかと思いきや、御簾をすると下ろし始めた。

それから一週間、ただのひと言も彼女とは口を利かなかった。正確には口を利いてもらえなかった。

果たしてキヨの表記は「清」なのか。そもそも、彼女の名前なのか。それとも、あだ名か何かなのか。それすらもわからない。

様々な大学の学生が集まっていた寮のせいか、やけに個人情報を大切にするきらいがあり、電話の呼び出しのとき以外は、にょごの名前が全体に明示される機会はなく、食堂でも「シュロ・7A」「シュロ・7B」といったように局番号で利用の管理がされ、棕櫚壺会でも最後まで「キヨさん」とのみ呼ばれていた。

寮監先生に直接、確かめようとしたこともあった。だが、声をかけようとすると、決まって急に黒電話が鳴ったり、クレタケとカワタケが「シャアアアッ」と喧嘩を始めたり、食堂からおばさんが呼びにきたりで、「ちょっと、ごめんね」と話の腰を折られてしまうのだ。

四月を迎えるに際し、私はいよいよ忙しかった。何かと物入りとなる新歓期を前に、こっそりがかき入れどきとばかりに、家庭教師を二つ掛け持ちしながら、同じ北白川エリアにある「ann's cafe」というイタリア料理店でアルバイトも始めた。毎夜、大学のサークルが二十人ほど連れ立ってドッと来襲する店だったので、クタクタになるまで働いていから門限間際に帰寮すると、必ずキヨは部屋にいた。御簾を下げ、静かに机に向かっている。しかし、何の勉強をしているのか、どこの大学に通っているのか——、すべてが謎のままだった。

椎ちゃんからは「ねえ、留守中に少しだけ探ってみたら?」とおっとり口調で物騒な提案をされたが、それは重大な相部屋マナー違反である。にょごたるもの、常に淑女であらねばならない。

「せめて、本棚を見てみなよ。専攻とか、わかるじゃない。というか、どこの大学に通っているかぐらい本人に直接訊きなよ」

野分ちゃんも無邪気にけしかけてくるが、知らないから言えるのだ。あの尋常ではない声のかけにくさ、放っておけオーラの圧のすさまじさを。

そう言えば、キヨが手放した個室のあるじはまだ決まっていない。個室希望者全員が「キヨ部屋」を第一希望に挙げるも、棕櫚壺会では結論が出ず、食堂に移動しても議論は紛糾し、今も結論が出ぬまま、空き物件化しているのだとか。

夜遅くにアルバイトから帰ってきたにょごを待ち受ける最大の難関は、何と言っても疲れた身体にムチ打ち、風呂へと己を連れていくことである。風呂の使用は二十二時半まで。タイミングを逃すと、翌日の午前中に行く羽目になり、面倒の度合いは倍増する。しかし、布団を敷いて、ほんの五分だけだからと寝転がってしまったが最後、もう二度と動く気になれなくなってしまう。

ああ、明日風呂入るのめんどくさいなー。

アルバイトから帰ってくるなり、布団トラップに引っかかった私が、「動け、動け」と重さを増す一方の頭に念じていたら、ブウンと羽音が顔すれすれの位置を通り過ぎていった。

「うひゃあ」と跳ね起きた。私は虫が大の苦手である。数日前から急に暖かくなったことによる、余計な先駆けというやつだろう。アブのような黒いものがブンブンと天井の照明のまわりを回っている。まだキヨとの間の御簾は下りておらず、この棕櫚壺に移ってはじめてのケースだが、帰寮時からキヨの姿は見当たらなかった。風呂に行っているのかもしれない。

眠気は一発で吹き飛んだ。ちゃぶ台机の向こうの窓を開放し、本棚に突っこんでいたアルバイト情報誌「ＦｒｏｍＡ」を丸め、「どっかいけ」とアブに立ち向かった。

しかし、窓へと追い払わんと雑誌を振り回すも、まるでこちらをあざ笑うように、アブは小器用に私の周囲を旋回して逃げていく。雑誌は空を切り続け、気づいたときには、隣のテリトリーに侵入していた。慌てて戻ろうとして、隣人のちゃぶ台机を左右から挟むようにして立つ本棚が視界に入った。広辞苑、国語辞典、古語辞典、漢和辞典、英和辞典、フランス語辞典、ポルトガル語辞典、ロシア語辞典、ドイツ語辞典――。ぶ厚い辞書類がぎっしりと棚の一列を埋め尽くしていた。

ちゃぶ台机にも数冊の本が積まれ、

『どんどん作ろう、ホームページ！　ＨＴＭＬ入門』

という一冊のタイトルが目に入った。キヨの直筆だろうか、「猫の耳の中」と書かれた付箋が貼りつけてある。何のこっちゃ、と首をかしげたとき、局のドアがギィと音を立てて開いた。

慌てて自分のテリトリーに戻り、ちょうど目の前を横切るアブに雑誌を振り上げた。空振り。

「す、すみません、虫がいて」

振り返ると、風呂セットを抱え、ドアノブに手をかけたキヨの驚いた顔とぶつかった。

まるで彼女の帰還タイミングを承知したかのように、あれほどぐるぐると小回りを続けていたアブが、直線の軌道を描き、窓の外へとあっという間に飛び去った。

何とも言えぬ間の悪さを感じながら、窓を閉めた。背後をキヨが通り抜ける足音が聞こえる。するすると御簾が下ろされる。ちゃぶ台机の本を整理しているらしき物音が、本棚越しに響いた。テリトリー侵犯に対する、無言の抗議を受けている気がして、私は風呂セットを手に取ると、逃げるように風呂へと向かった。

翌日、バレーボール・サークルの例会があった。

家庭教師のアルバイトを終えてから、二時間ほど空きができたので、ひさしぶりに大学に寄った。春休み中の学部のパソコンルームは閑散として、友人たちにメールを返したあと、何か調べたいことあったかな、と伸びをした拍子に、椎ちゃんがおもしろいよと宣伝していたホームページのことを思い出した。

自分の暴露本の販売部数がわかるとかナントカ——。記憶から掘り起こそうとするが、サイト名が出てこない。暴露本と検索ボックスに入れ、漫然と探ってみたがやはり無理。また今度教えてもらおう、と早々に探索を切り上げたとき、

「猫の耳の中」

という言葉がポンと頭の中で跳ねた。

何だったっけ、これ？

数秒遅れて、『どんどん作ろう、ホームページ！　ＨＴＭＬ入門』の表紙の残像が蘇った。

そうだ、キヨのちゃぶ台机の上に置いてあった本だ。

彼女がパソコンの前に座り、キーボードを叩く姿をまったく想像できないが、あの本を読んでいたということは、どこかでホームページを作成中なのだろうか。パソコンが使えない環境に住んでいるのに、ご苦労なことである——。

唐突に、一個の可能性にぶつかった。

「まあ、そんなはずないよね」

ものは試しとばかりに、検索ボックスに打ちこんでリターンキーをタンッと叩いてみた。

「え」

いきなり「猫の耳の中」というサイトが検索結果に表示された。戸惑いつつクリックする。

「ようこそ、猫の耳の中へ。あなたは43人目の訪問者です。」

真っ黒な画面を背景にして、少し斜めに傾いた黄色の文字が現れた。

画面を下へスクロールする。

「清の局日記」

チカチカと点滅する四角いリンクボタンが視界に飛びこんできて、思わず息が止まった。

キヨ、清、局――。

自分のよく知る情報と符合しすぎて、心臓がにわかに鼓動を打ち始める。

反射的にボタンにカーソルを合わせた。画面が移動し、黒い背景に白線の枠、その内側にびっしりと書きこまれた文章が現れた。

タイトルどおり、それは日記だった。

「私」が局暮らしのなかで感じたものを書き綴る、という内容だ。

ほんの数行を読んだだけで、マウスを持つ手のひらがじんわり汗ばんでくるのを感じた。なぜなら、知っているからである。

文中では説明が省かれ、一見、平安時代か何かを舞台にした創作なのか、と勘違いしてしまいそうな「局」の使い方。さらには「K寮」に「B壺」に「S壺」といった独特な用語。されど登場するのは、現代の女子寮に暮らす大学生たちである。局のあるじである語り手が耳にしたもの、目にしたもの――、すべて私たちの日常そのものだった。

画面をスクロールする手の動きがとまらない。そこに書き綴られているのは、まごうことなき寮生たちの喜怒哀楽に満ちた毎日だ。女たちの自由と放埒と小言にまみれた青春だ。ときどき、性格の悪い寮生の言動を辛辣にやりこめている部分もある。語り手のほうがそれに輪をかけて性格が悪いのでは、と疑いたくなる部分もある。それでも、リズムのよい文章のおかげで、不思議と嫌な気分にはならない。むしろ、もっと読みたい。

寮監先生らしき人物を登場させ、植栽への意識の高さを褒め称える段もあった。語り手は花のなかでも、特に薔薇が好きらしい。五月の中庭に咲き誇る薔薇の描写は驚くほど端整かつ鮮やかで、早く五月のあの景色を目にしたい！　という衝動に駆り立てられた。かと思ったら、ナメクジへの憎しみを親の敵(かたき)のように語る段もある。床面に残る粘り気ある移動の跡を、微に入り細を穿つ描写で語る部分は、気分が悪くなるほどだった。食堂でカレーライスが出たときに添えられる福神漬けに、レンコンが入っていることの是非について、ひたすら非の立場から論じる段は、どうでもいいだろうと思いつつ、その飽きさせない論の組み立てに感心を通り越し、感動すら覚えた。

とにかく切り口が豊富で、文章のそこかしこから、筆者の持つ独特の機知と好奇心、かなりの意地悪があふれ出していた。気がついたときには、相当なボリュームの「清の局日記」を一気に読み終えていた。まわりの席に人がいなくてよかった。文章の魅力か、それとも視点の置き方ゆえか、思わず吹き出してしまう段も多く、日記というよりも、いっぱしのエッセイを読んでいるような感覚だった。

最後の段は、八月十六日の五山の送り火について記されていた。大文字に火が点ってから消えるまで、その幽玄なる時間の経過をしっとりとしたトーンで描き上げる。写真もなければ、イラストもない。ただ真っ黒な画面を背景に、武骨な白い文字が並ぶだけなのに、これまで一度も見たことのない送り火を、はっきりとまぶたに浮かべることができた。

「マズい！」

時計を見て、慌てて帰り支度を始めた。日記に没頭してしまったせいで、例会のスタート時間を三十分以上も過ぎてしまっている。

リュックを背負い、小走りでパソコンルームをあとにした。

今でも、とても悔いの残ることがある。

あのとき、ホームページのアドレスを控えておけばよかった。いや、控えずとも、そこに含まれる単語を一個でも覚えておけば――。

二十年以上が経った今でも、ふとした拍子に、個人サイト「猫の耳の中」の情報を追い求め、飽きもせず検索を続けてしまうときがある。

そう――、この日が、私にとって最初で最後の「猫の耳の中」をのぞく機会となった。

＊

彼女とはじめて言葉を交わした日付を今もはっきりと覚えている。

二〇〇三年、三月三十日。

アルバイトを終えて寮に戻った私は、いっさいの休憩タイムを挟まず風呂へ直行。いやあ、がんばった自分、とさっぱりとした気分で局に戻った。

ドアを開けた途端、話しかけられた。

「どうして、書くことをやめたの」

風呂に向かうときには下がっていた御簾が巻き上げられ、正面にキヨが立っていた。

「え？　書く……？　私、ですか？」

突然のコンタクトに、もう少しで風呂セットを手元から落としそうになった。何か寮関係の提出書類を途中で書くのやめていたっけ？　と混乱する頭に、落ち着いているが、高めのトーンの声が響いた。

「書いていたのに、やめてしまった――、でしょ」

「あ……。いえ、それって――、え？」

つい最近も、この話題に触れたような。そうだ、あれは椎ちゃんとオロナミンCを飲んだときだ。でも、キヨがその話を知るはずもない。じゃ、どういうこと――？

「どうして、やめたの」

こちらに頭を整理させる余裕を与えることなく、問いが重ねられる。細い首を傾けた拍子に、流れてきた長い前髪を掻き上げ、キヨはすっと目を細めた。中学校からバレーボールをしている私は、実は身長が百七十一センチある。対して、キヨは百五十センチあるかないか。青色の上下のジャージを着たキヨは一見、中学生のような雰囲気で、身長だって二十センチも私のほうが高い。それなのに、たったそれだけの仕草で強烈な圧迫感が押し寄せてきた。

「えっと、それは……、私はあまり書くのは得意じゃないというか。文章も頭でっかちで、退屈で、全然おもしろみがないというか。でも、人が書いた文章を読むのは好きで――」

話しながら、自分は嘘をついているという不思議な感情が湧き起こる。私、何をしゃべっているんだろう、といよいよ混乱の度合いを増す頭の中の片隅で、「もしや？」という疑念がにわかに点灯した。

ひょっとして、彼女は昨日、私が大学のパソコンルームから「猫の耳の中」にアクセスしたことを知っているのではないか？　それゆえの、この唐突すぎる会話では？　もちろん、どうやってそれを知ったのか、という疑問はあれど、タイミングが合致しすぎている。

一日経っても、いまだ興奮は醒めやらないままである。

間違いなく、私がこれまで目にしたなかで断トツでおもしろいインターネットのサイトだった。いや、インターネットという枠組みを超えて、あんなに楽しい文章にはじめて触れた気がする。

「キヨさんは……、書いたことはないのですか？」

サイトのことを口にするわけにはいかない。ならば、と勇気を振り絞って質問を返してみた。

「ある」

拍子抜けするくらいあっさりとうなずかれ、「え？」と変な声が出た。

「それって……、何」

インターネットですか？　という二の句を継ぐのを躊躇する間に、

「私ほど、その篇首（へんしゅ）を知られている者は他に存在しない」

キヨは腰の左右に垂らしていた腕を持ち上げ、青い血管が走る、真っ白な手の甲に視線を落とした。

「想いを伝えることができるのは、この世に生きている者だけ、だから」

私に聞かせるというより、何か周知の事実をただ復唱しているだけのような調子でつぶやいて、キヨは薄く笑った。

食堂でテレビを見ていたときの、唇の端にわずかに浮かぶ、少しだけ意地悪そうな、少しだけ相手を馬鹿にしてそうな表情――、まさに私が読んだ「清の局日記」の作者にふさわしい笑い方だった。

生きている者？

「どういう意味ですか？」

口を開きかける前に、

「もう一度、書きなよ」

キヨの声が静かに局に響いた。

「書きません」

　自分でも驚くくらい強い語勢で言い返していた。

「別に誰かから文句を言われたって、そんなこと何でもない。私は悪くないと思った」

「え？」

「私って、人からよく言われることが、ほとんどなくて。名前だけでも好きだと言われたときは、うれしかった」

　何の話だろうとせわしなく頭を働かせるところへ、

「私さ――、キヨって名前好きなんだよね」

と椎ちゃんとオロナミンCを飲みながら交わした会話が蘇った。ついでになぜか、私を見上げるクレタケの黒い瞳も。

「悪い出来じゃなかったこと、教えてあげようと思って」

だから、この局にお邪魔した――、その声に重なるように、私の目の前でするすると音を立てて御簾が下りた。

「にょごのみなさん、間もなく消灯時間です」

　寮監先生のアナウンスの声が廊下のスピーカーから聞こえてくる。

「おやすみ」

　すでにキヨは床に敷いてあった布団に潜りこんでいる。

「おやすみなさい……、です」

ほどなく天井の照明が消えた。ちゃぶ台机の卓上ライトは消灯後もつけてよいので、その明かりで布団を敷いてから、本棚の辞書を手に取った。

「へんしゅ」

先ほど耳にしたばかりの未知の単語を調べた。

「篇首　一編の詩、一巻の書物や文章のはじめ」

ふうむ、とうなずいて辞書を閉じた。何を言われたのか、さっぱりわからないが、とにかく彼女と会話はした。おやすみの挨拶も交わした。知られているはずのないことを知られているという、気味の悪い疑問は残っているが、彼女と言葉を交わすことができた興奮がそれより勝っている。これから交流の回数が増えるにつれ、「猫の耳の中」の件も含め、もう少し踏みこんだ話をするチャンスが訪れるかもしれない――。

卓上のライトを消し、ああ、今日も疲れた、明日で三月も最後だなー、と布団にごろんと寝転がった一分後には、もう眠りに落ちていた。

翌日、目が覚めたら、すでにキヨの姿は見当たらなかった。

布団は畳まれ、御簾も巻き上げられている。食堂でも彼女とは会わず、昨日の会話は夢だったのではないか、と早くも疑いの芽を育てながら、家庭教師に向かう準備を始めた。

教え子の高校生は西陣に住んでいるため、自転車で今出川通をひたすら西に漕ぎ続け、出町柳の交番の前を過ぎ、賀茂大橋に差しかかった。右手に視線を向けると、鴨川デルタと呼ばれる、高野川と賀茂川が合流し鴨川へと名称を変える地点に、三角形の宇宙船のような地形が、広い空を従え、デンと構えていた。

「うそ」

思わず、両手でブレーキを握って急停止した。

キヨが立っていた。

見間違えかと目を凝らすが、彼女である。

まさにデルタの突端、あと一歩でも前に進むと川に足が浸かってしまう、というギリギリの位置に立ち、

「春はあけぼのッ」

キヨはいきなり叫んだ。

快晴の空模様をそのまま写し取ったかのような、薄いブルーのワンピースを風に翻(ひるがえ)し、

「春はあけぼのッ」

またひとつ、叫んだ。

その華奢な体軀から発せられたとは思えぬ、よく通る声が、川の瀬音に負けぬ勢いで、橋の上にまで届いた。

私はというと、事態が把握できず、ただ自転車にまたがり、硬直するばかり。春はあけ

ぼの。言うまでもなく、枕草子の一節である。確かに季節は春だ。でも、なぜキヨがそれを叫ぶのか、まったく理由が思いつかない。

橋の欄干越しに、彼女と見つめ合った。

不思議なのは、デルタには四、五人の男女が傾斜のへりに腰掛け、川面に浮かぶ亀石を親子連れが渡っているのに、誰も彼女の奇行に注目することなく、おしゃべりや亀石間ジャンプに興じていたことだった。

「あれ？」

ほんの一瞬、視線を外した隙に、彼女はデルタの中ほどへとつながる短い階段を上っていた。

私はブルーのワンピースの行方を追いかけた。階段を上り終えた彼女は一度も振り返ることはなく、糺(ただす)の森へとつながる木々の方向に歩き続け、そのまま見えなくなってしまった。

トンビなのか、ワシなのか、タカなのか、羽を大きく広げた鳥が、デルタの上空をくるくると回っていた。

何だったのか、今のは。

呆然とした気持ちで、ペダルを踏みこみ、自転車を再発進させた。昨夜、いきなり彼女から話しかけられたときから、今もまだ夢の中を漂っているような、不安定な感覚をもてあそびながら賀茂大橋を渡った。

吸いこまれるように、木々の合間に消えていった小さな青のシルエット――。

それがキヨを目撃した最後の瞬間になった。

*

あれからもう二十年以上が経つのに、今も「彼女は何者だったのか?」という疑問を胸に飼い続けている。

あの日、家庭教師の仕事を終え、寮に戻った私は、寮監先生からキヨが退寮したことを突然、告げられた。

その言葉どおり、局から彼女の荷物はきれいさっぱり消えていた。

ちゃぶ台机の上に、ぽつんと棕櫚ほうきが置かれていた。中庭に立つ棕櫚の樹皮から、ほうきを作るにょごがいるという話は聞いたことがあった。ハンディサイズのほうきは、棕櫚のわしゃわしゃした樹皮を重ねて整え、それを針金で束ね、竹の柄を取りつけたものだった。柄の部分には、「清」と一字彫りこまれていた。

なぜ、キヨが退寮したのか、その理由を教えてもらうことはできなかった。寮監先生が四月に入ってすぐのタイミングで交代してしまったからだ。

その後、続けざまに北白川女子寮マンションに小さな変化が起きた。黒猫のクレタケがいなくなった。キヨの退寮を待っていたかのように、棕櫚壺会から結論が出ずに宙ぶらりんの状態だった個室を巡る騒動が急に収束したと聞いた。

キヨが去ったのは三月三十一日、年度最後の日だった。

やはり、彼女は噂どおり十二回生だったのか？　タイムリミットを迎え、ルールどおりに寮をあとにしたのか？　ならば、わずか十日ほどの間、個室から相部屋になることを選んだのはなぜだったのか――？

＊

この仕事をしていると、ときどき大学生から取材の依頼が舞いこむ。

学生新聞や、広告研究会、文芸サークル――。媒体は様々だ。

「エッセイストを志したきっかけは何だったのですか？」

慣れないスーツを着て、緊張でカチコチになっている若い大学生から質問を受けるたび、往時の自分を思い出し、

「私が住んでいた学生寮に、清少納言がいたからだよ」

と答えそうになる。

もしも本当にそう答えたなら、きっと学生は笑うだろう。何、言ってるんだ、この人、と少しは緊張もほぐれるだろう。

でも、もしも私が本気の顔で、その根拠をいちいち並べ始めたら、きっとその笑みは、徐々に困惑の入り混じったものへと変わるはずだ。

「その人は普段はキヨと呼ばれていて。うん、清少納言の『清』。清少納言は枕草子のなかで、『むつかしげなるもの』として『猫の耳の中』を挙げているの。むつかしげというのは、気持ち悪いとか、見苦しいとか、そういう意味」

私は大学生に、ある日、「猫の耳の中」という名のサイトを見つけたこと、そこで「清の局日記」を読んだこと、プロになって多くのエッセイに目を通したが、あのとき読んだ文章を超えるものはないことを伝えるだろう。

「今、その人はどうしているのですか？」

大学生は困惑の成分が薄まり、そのぶん、好奇心が芽生えてきたことを示す声と表情で質問する。

わからない、と私は首を横に振る。

「思い出すのが、遅すぎた」

大学卒業後、私は大阪の住宅メーカーに就職した。二十四歳のとき、大学時代から付き合っていたバレーボール・サークルの先輩と結婚。彼の転勤に合わせるかたちで、会社を辞めて東京へ。長女を出産した。

それから五年後、長男を妊娠中のときだった。何でもいいから本が読みたい、という私のオーダーに応え、夫がいろいろなジャンルから選んだ本の詰め合わせを買ってきてくれた。そのなかの一冊が、平安時代の文学について扱った書籍だった。

一人目の出産時と同様に、つわりが終わってからも手放せない、酸っぱい系のグミを噛みながらページをめくっていると、枕草子についての解説の段で、あの有名な書き出し「春はあけぼの。やうやう白くなりゆく山ぎは、すこしあかりて」は、北白川あたりの風景を描いたもの、と著者が論じている部分が目に飛びこんできた。

確かに、かつての内裏の殿舎から明け方の風景を眺めたなら、著者の言うとおり東側に位置する北白川の後背、比叡山からもりもりと連なる山並みの稜線が、まさに「山ぎは」となる。

そのときだった。

「私ほど、その篇首を知られている者は他に存在しない」

キヨの声が、唐突に耳の底で蘇った。さらにはデルタの突端に立つ、ブルーのワンピースの残像——。

「春はあけぼのッ」

橋の上の私を見上げ、彼女が叫んでいる。

片手で本を開け、片手でグミの袋を持ち、上下の前歯の間にグミを挟んだ格好のまま、一分以上、固まっていたのではないか。

完全に忘れていた。

あの寮でほんの十日ほど部屋をともにした、奇妙な同居人のことを思い出したのは、いったい、いつ以来か。

確かに、日本語による文章の書き出しで、「春はあけぼの」ほど世に知られたフレーズはない。「祇園精舎の鐘の声、諸行無常の響きあり」も劣らず有名だが、平家物語の作者は不明だ。

「吾輩は猫である。名前はまだ無い。」

「メロスは激怒した。」

「国境の長いトンネルを抜けると雪国であった。」

決して負けていないが、千年の年月を経て、果たして人々の記憶に残っているかどうか。結果が判明するまで、まだ九百年もの試練の時間が待ち構えている。

私は箸を置き、本を閉じた。

パソコンを起動させ、同じく記憶から呼び覚まされた「猫の耳の中」を検索した。それが枕草子に登場するキーワードであることを、検索の過程ではじめて知った。清少納言の好きな色は青――、キヨが着ていたジャージやワンピースの色だったことも知った。しかし、肝心の大学のパソコンルームでヒットしたサイトを見つけることはできなかった。すでに、あの日から九年もの歳月が経っていた。

そのとき、私は思い知らされた。ゼロ年代初期、雨後の筍の如くに発生したユニークな個人サイトの多くがすでに消滅していることを。作成者から忘れられ、さらにプロバイダーが消滅し、デジタルの海の藻屑となって散っていった何百、何千ものサイトたち。誰も記録に残さず、誰かの頭の中にのみ記憶として刻まれ、もしも、誰かが記憶を置き去りにしたときは、存在自体あとかたもなく失われてしまう、名もなき創作物たち――。

「本気で――、その寮にいた女性のことを清少納言だと思っているのですか？」

それまで唇の端に漂っていたわずかな笑みはすっかり消え失せ、どこかおそるおそるといった表情で大学生から質問されたとき、どう答えよう。

自分ほど、その文章の書き出しを世に知られた者は他にいないと豪語したのち、それが「春はあけぼの」だと主張するのなら、該当する人物はひとりしかいないではないか、とどこまでも真顔で返すか。それとも、

「まあ、そんなことがあってもいいんじゃないかな。京都だし」

と笑って誤魔化すか。それとも、

「ひょっとしたら、キヨは黒猫かもしれない。だって、あのとき椎ちゃんとの会話を聞いていたのも黒猫のクレタケだけだったし、キヨがいなくなるのと同時にクレタケも寮から

姿を消したから」

いよいよ煙に巻こうとするかもしれない。

ただし、これだけは冗談をいっさい交えず主張すると思うのだ。

彼女から勝手に背中を押された気になって、自分はここにいるのだと。

私はすっかり忘れていた。読むことと同じくらい、書くことも大好きだった。それなのに自分なんかに才能はないと、今となっては特別なことでも何でもない、ただネットですれ違っただけの心無い人からのひと言に傷つき、興味の碇をごっそり引き上げてしまった。

でも、彼女の言葉が蘇ると同時に、あの日、「清の局日記」を読んだときに感じた、おかしみやせつなさ、何より語り手から伝わる書くことへのよろこびが、記憶の蓋を弾き飛ばす勢いでどっと溢れ返ったのだ——。

時代はとうに変化し、いちいち個人サイトを作らずとも、お手軽にネットで文章を発表する仕組みが出来上がっていた。

私はブログを立ち上げた。一日一本、そこそこ長めの記事をアップすることを己に課した。子育てや料理、今も趣味にしているバレーボール観戦、読書、映画、転職、手当たり次第に書き散らしたが、まったく話題にならない。今で言う「バズる」気配すらない。ある日、野分ちゃんとひさしぶりにＬＩＮＥをして、懐かしい寮の話題で盛り上がった余勢を駆って、北白川女子寮マンションでの思い出を綴ってみたら、いきなり跳ねた。よりによってこれでかと思いつつ、寮の話を続けてアップしたら、本格的に「バズった」。出版社の編集者から連絡が届いた。ブログを始めて四年目の椿事だった。

今でも、彼女について、にわか雨に降られたかのように、不意に考えこむ時間がある。もしも、彼女にその気があったなら、あれだけずば抜けた文章の腕前だ、容易にプロになれたはずだ。でも、どれだけ調べても、いまだ彼女は私の前から消えたままだ。

「想いを伝えることができるのは、この世に生きている者だけ、だから」

きっと彼女は、当時の自作ホームページが数年のデジタル上の寿命を終えたのち、いっさいの痕跡を残さず、ただ泡のように消えていくだけの存在だと知っていたのではないか。

本当に清少納言だったのなら、それくらいのこと、らくらくお見通しの気がする。

ならば、なぜ私は彼女の言葉を聞くことができたのか？　間違いなく、私は彼女から伝えられた。あの日記は、私にとって最高のお手本となったのだから。

そもそも、なぜ彼女はあの寮にいたのか。十年？　ひょっとしたら二十年、三十年、いや、それ以上――、いったい何をしていたのか。

いくら考えても、答えは出ない。これればかりは本人に直接確かめるしかない。

五年前、私は最初のエッセイ集を上梓した。

もう一度、彼女に会えないかという想いをこめ、タイトルは『猫の耳の中』に決めた。

＊

新幹線は定刻どおり京都駅に到着した。

ホームに降り立った途端、十二月の京都に来たことを感じさせる、懐かしくもあり、億劫でもある乾いた冷気が首元へと忍びこんでくる。

娘は昨日から、ひと足早く京都入りし、今の時間はコースを試走中かもしれない。

明日の朝、西京極の競技場で他の保護者と合流するまで用事はないので、タクシーに乗って北白川へ向かった。母とタクシーに乗ってはじめて寮に向かったのは、もう二十年以上も前のことになる。

白川通でタクシーから下り、懐かしい坂道を自分の足で上った。最近まったく運動をしていないから、結構キツい。よくこれを毎日、自転車で上ったな、しかもノンストップで、と若かりし頃の自分に畏敬の念を抱かざるを得なかった。そりゃ、足が鍛えられて太くなるはずだ。

「ああ――」

話には聞いていたが、実物を目にしたとき、思わず声が漏れてしまった。

老朽化が激しくなった北白川女子寮マンションが解体されたのは七年前。今は老人介護施設が同じ敷地に建てられている。往時の雰囲気を感じ取れるものは何も残されておらず、こうも建物の記憶というものは跡形もなく消えるものかと呆気に取られながら、一枚だけスマホで写真を撮った。

それを椎ちゃんと野分ちゃんにＬＩＮＥで送った。この写真を送っても、ちゃんと懐かしがってくれるだろうか。もう十年以上前の話になるが、「キヨ」のことを突然思い出した私が興奮して連絡したときも、「誰？　キヨって」とまったく反応してくれなかった二人である。

椎ちゃんから、すぐに返事が来た。

「全然、建物の面影ない。さびしいね」

ひとまず共感してくれ、「明日、新菜（にいな）ちゃん、応援するから！」というメッセージとともに、来年、東京に出張するから会おう、連載も読んでるよ、とうれしい言葉を添えてくれていた。

重たげな曇り空から、ぽつりぽつりと雨粒が気まぐれに降ってきた。明日は雪になる時間帯もあるとの予報だ。あの子、今まで雪の中で走ったことあったっけ？　と心配な気持ちが湧き上がってきたところへ、野分ちゃんからも返信が届いた。

「明日、若菜センセーの娘ちゃん、都大路を走るんでしょ？　すごいね。テレビで見る！」

建物のことにはまったく触れていないのが、野分ちゃんらしかった。

「5区のアンカーを走ります。あの子、一見ふてぶてしいけど、大事なところで緊張しいだから、いつもの力を発揮できるか、すごく不安」

曇り空にせり出した山際を見上げ、白い息を吐いたとき、

「春はあけぼの」

というフレーズが自然と唇から漏れ出た。

どれだけ探しても、あのサイトをふたたび目にすることはない、とストンと腑に落ちるものがあった。

私は彼女に別れを告げにきたのだ。今ごろになって、ここにきた理由に気がついた。

「私はこれからも書きます」

かつて、大勢のにょごたちが暮らした見えない建物に向かって、深く頭を下げた。

それからくるりと踵（きびす）を返し、小走りになって白川通までの坂を駆け下りた。

六月のぶりぶりぎっちょう

その一　事件発生

頭の上をいくつもの光が線を引いて飛んで行った。

あ、きれい。

花火ではなく、あくまで水平方向への直線的な動きで、しんとした夜の闇にそれらの光跡が吸いこまれていく。

次から次へと放たれる無音の光を目で追っていたら、その先に遮蔽(しゃへい)物らしきものがあったようで、光の筋は突然、止まった。

しかし、光が消えるわけではなく、そこに留まりながら、少しずつ明るさを増している。

火だ。

ゆらめくように光源が大きくなっていく様に、そう気づいたとき、周囲からどっという地響きを添えた声がいっせいに湧き上がった。

「な、何?」

カチャ、カチャという何かがぶつかり合う音と、荒々しい呼吸の音が左右から挟むように迫ってきて、わけもわからぬまま私は走り出した。

小さな光の点が重なり合って、今やはっきりとした炎にまで育った火が、建物のラインを徐々に浮かび上がらせ始めている。

お寺だろうか、夜空を背景に大きな本堂のような和風建築のシルエットを認めたとき、ぼうっと周囲を一気に照らすような大きな炎がその屋根から立ち上った。

ようやく、私は理解した。

ここは戦場だ。

甲冑(かっちゅう)をまとった武士たちが、刀を振り、槍を掲げ、怒号とともにあたりを駆け回っている。カチャ、カチャという、せわしない音は甲冑が鳴る音だった。

火が回り始めたお寺らしき建物に向かって突っこむ大勢が甲冑姿ばかりなのに対し、建物から飛び出してくるのは、白っぽい寝巻のような着物を着た男たちだった。それを弓矢が、槍が、さらには銃声が容赦なく襲い、丸腰に近い寝巻姿の人たちはまさに鎧袖一触(がいしゅういっしょく)、まともに抵抗することもできぬまま倒れていく。

ここはどこなのか。

なぜ、自分はこんな場所にいるのか。

暗がりの先から甲冑の音が不意に迫ってきたり、刀だろうか、硬いもの同士が衝突する音のあとに狂気を帯びた叫びが上がったりするたびに、人がいないほういないほうへと逃げ続けていたら、縁側から建物内へと上がりこんでしまった。

柱にも、襖（ふすま）にも、床板にも、そこらじゅうに火矢が突き刺さり、あっという間に炎が広がっていく。床を踏み鳴らす幾つもの足音が建物のあちこちから湧き起こり、誰かを探しているのだろうか、荒々しい叫び声がやかましく響き渡る。

そのとき、長い廊下の突き当りから、

「上様（うえさま）、上様ッ」

という若い男の声が聞こえた。

建物に充満する獣めいた怒声とは異なり、何かを必死に訴えるその切実さに誘われ、私は廊下を走る。

突き当りに面した襖を開け放った。

突然、空気が震える感触とともに、銃声が響いた。

私の視界は真っ白に染まった。

それから、黒の一色へと沈んでいった。

*

目が覚めて、意識が少しずつはっきりするにつれ、見覚えのない部屋に寝ていることに気がついた。

どこですか、ここは？

カーテン越しに侵入した薄ぼんやりとした光に部屋が浮かび上がる。

ぐるりと見回したところ、部屋の広さは十畳ほど。ベッドの隣にはかわいらしいアンティーク調のテーブルが置かれ、そこには、私のカバンと脱ぎ捨てたままの昨日の衣類一式が散らばっていた。

しまった、飲み過ぎた――。

どうやら、昨夜は部屋に入りこむなり前後不覚のまま、ベッドに潜りこんでしまったらしい。その証拠に、宿にチェックインした記憶がまったくない。

枕元には小さな時計が用意されていた。てっぺんのボタンを押してみると、薄闇のなかで液晶画面が光った。

午前六時二分。

デジタル表示の数字が明々と点る。

日付は六月二日。

今日の日付という以外に何か意味があった気がするが、寝ぼけているうえに、何だか変な夢を見たという、ぞわぞわとした感覚。さらには耳のあたりに残っている銃声の余韻が重なり、まったく頭が働かない。

銃声？

ベッドから抜け出し、ふらつきながら立ち上がった。

そのときになって、はじめて自分が浴衣を着ていることに気がついた。こんな洋風な部屋に、浴衣が置いてあったのか、と妙な取り合わせに感じたが、ぞんぶんに前をはだけていた浴衣を整え、帯を締め直す。

依然、耳には違和感が残っていた。

夢の記憶は一秒ごとにかすみの向こうへ消えつつあるのに、なぜかその残響だけやけに生々しく、まるで実際に聞いたかのように耳の底で留まっている。しかも、部屋の外から発せられたもの――、という奇妙な距離感さえ添えて。

部屋のドアを開け、少しだけ外をのぞいた。

落ち着いた色合いの絨毯（じゅうたん）が敷かれた、いかにも高級そうな雰囲気の漂う廊下に人影は見当たらない――。

やっぱり、気のせい。

早々に結論づけ、ドアを閉めようとしたときだった。

廊下の突き当りを、誰かが走り抜けていった。

ちょうどそこが丁字路のかたちになっているのだろう。左から右へと絨毯を踏む、せわしげな足音に反射的に目を向けたときには、すでに何かが通り過ぎたあとだった。

そのまま、ドアを閉じようにも閉じられなかったのは、絨毯の上に落ちているものが見えたからだ。

たった今、落としたものだろうか。

走り去った人が戻ってくるかもと待ったが、足音は聞こえてこない。

さっさと部屋に引っこもうとも思ったが、ざわざわした気持ちは収まるどころか、よりいっそう高まっている。

仕方がないので、浴衣の襟元をきゅっと締めて、スリッパで廊下に出た。

突き当りまで小走りで進み、落とし物を確認する。

鍵だ――。

シルバーの鍵と紐で結びつけられた木札には「天下」と書いてあった。

部屋の名前だろうか。ずいぶん仰々しいネーミングだなと拾い上げ、改めて左右を確認したら、左手に見える部屋のドアが開け放されていることに気がついた。

私の部屋とは異なり、立派な両開きの扉が開かれたままになっている。

ドア枠上部の表札には、

「天下」

と手元の鍵の木札とまったく同じ、クセのある字体が躍っていた。

部屋の前を横断する廊下を見渡しても、誰かが戻ってくる気配は感じられない。

仕方がないので鍵を手に開かれたドアに近づき、少しだけのつもりで、ドアの先をのぞいてみたら、

「広い」

と思わず声が漏れ出てしまった。

スイートルームなのだろうか。私の部屋の三倍の広さはありそうなフロアには、大きなソファセット、ダイニングテーブル、さらにデスクまで配置されている。どれもアンティーク調のデザインで統一され、おしゃれかつ高級そうな雰囲気が部屋じゅうに充満していた。

「誰か……、いませんか？　鍵、外に落ちてましたよ」

天井の照明や、スタンドの明かりはつけっ放しである。

小走りで手前のソファまで進み、鍵だけ置いて立ち去ろうとしたとき、部屋の右手にさらなる空間が広がっていることに気がついた。

「ん？」

奥の部屋につながる大きな扉の手前で、うつぶせに倒れている人がいる。

「あの、大丈夫ですか？」

白いナイトガウンを纏い、その髪型から見て男性のようだが、こちらから顔は見えない。この人も昨夜、飲み過ぎたのだろうか。

ちょうど男性との間に置かれたひとり掛けのチェアがあったので、

「鍵、ここに置いておきますよ」

と声をかけるついでに一歩踏み出したとき、それまでチェアの背もたれによって遮られていた、男性の背中の部分が露わになった。

男性が羽織っている真っ白なガウン――、その背中に赤い染みが広がっている。さらに、染みの中央には小さな穴が空いていた。

夢の中で聞いたはずの銃声が、ふたたび耳の奥底でこだました。

こちらに後頭部を向けたままぴくりとも動かない上半身の下には、臙脂色の見るからに高級そうな絨毯に黒っぽい何かが広がっているのが見えた。

血だ。

「この人、死んでる！」

めいっぱい悲鳴を上げたつもりが、自分の声がやけに遠くに聞こえた。指の先から痺れが腕を這い上がってきて、やがて顔全体を覆う感覚とともに、視界の周囲から黒い斑点が侵食し始める。「ああ、貧血だ」と頭の中に冷たい感触が広がるのを自覚しながら、私はくたりと崩れ落ちた。

*

目が覚めても、しばらく天井を眺めていた。

まだ夢を見ているみたい、私。

そう判断したのには理由がある。私を至近距離から見下ろしている人物にまったく見覚えがないうえに、相手がおそろしいくらいの美形だったからだ。

「あなた、誰ですか？」

何でこんなイケメンを夢に登場させちゃってるの私、と仰向けの体勢のまま、少しニヤつきながら訊ねたら、

「気づかれましたか、滝川（たきがわ）様」

整った眉をひそめ、相手がさらに屈んできたものだから、夢にもかかわらず、どぎまぎしてしまった。

「私の名前、知ってるんだ」

「もちろんです、昨夜、ロビーにてチェックインの際にお会いしましたので……」

相手はいかにも清潔そうなホテルマンの装いである。なるほど、そういう設定ですか、

と凝った夢のつくりに感心する思いで上体を起こしたとき、自分が浴衣を着ていることに気がついた。

「わッ」

浴衣の上に薄手の毛布をかけられ、長イスに寝かされていたことをようやく了解する。

「滝川様の悲鳴に気づかれた羽柴(はしば)様が、倒れていらっしゃるところを見つけ、私どもに連絡をくださったのです。ひとまず、こちらのサロンにお運びしました。勝手ではありますが、滝川様のお部屋から、お着替えもお持ちしています――」

男性の手が示す先にはスツールが置かれ、私のカバンと脱ぎ散らかしていた衣類がきれいに畳んで並べられていた。

「ど、どうもです」

よくわからない展開ながら、襟元と裾を直してから足を下ろし、長イスに座る姿勢に移行した。

「お具合はいかがでしょう?」

わざわざ絨毯に膝をついて、男性が心配げな顔でのぞきこんできた。

「大変な現場を目撃され、滝川様は意識を失われたのです。今も軽いショック状態にあるかもしれません。無理はなさいませぬよう」

「現場?」

何のことだろ、と心で首を傾げた刹那、うつぶせに倒れている男性の姿が脳裏に蘇った。

さらには、彼が纏っていた真っ白なナイトガウン、その背中に広がった赤い染み——。

「そうだ、私……。銃声が聞こえて、それで部屋の外に出たら、誰かが走っていて」

「滝川様は犯人を目撃されたのですか？」

と男性が驚きの表情を浮かべる。

「犯人？　いえ、これはただの私の夢の話で——。あれ？　今も夢なんだから、夢の中の夢の話になるの？」

頭がこんがらがってきたとき、背後でドアが開き、いかにも急いた調子の声が聞こえてきた。

「オイッ、女は起きたか？」

なぜだろう、聞き覚えがある。

でも、ここにいるはずがないし、と振り返ったら、声のあるじと目が合った。

「え？　何で？」

「つい先ほど、お目覚めになられたばかりで、まだ少し混乱しているご様子です」

「ちょっと待って。何であなたが？　何、その強烈にセンスの悪いスーツ？」

そう言葉を返すのと、相手が私の額に何かを突きつけるのが同時だった。

「どうやって、このホテルに潜りこんだ。アンタ、何者だ」

両目を寄せ、額に当たっている黒っぽい筒状のものに焦点を合わせた。

どういうことだろう。私、おでこに銃を向けられている。

「アンタがボスを殺したのか？」

「はい？」

「どっから、来た。ボスの部屋で何を見た？　全部、話せ」

押し殺した声とともに、銃口でぐいと額を小突かれたとき、とっくに気づいていたことを認めざるをえなかった。

これ——、夢じゃない。

その二　大阪女学館

大和会って何ですか？

いきなり背後から忍び寄ってきたささやき声に、「おいおい、ウチの学校に勤めていて大和会を知らないなんて、モグリですか」と眉間にしわを寄せながら振り向いたら、そこに立っていたのはソフィーだった。

「あれま、ごめんなさい」

　ソフィーはまだウチの学校に来て二週間。大和会なんて知るはずもなく、そもそも、ルビも振っていないのに「やまとかい」とすんなり漢字を読めただけでもスゴい。

「大和会――、ジャパニーズ・ヤクザですか？」

「ヤクザじゃないって、ソフィー先生」

　笑いながら、私は空いていた隣の席のイスを「どうぞ」と勧める。

　ソフィー先生はフランス人だ。

　我が校が姉妹校関係を結んでいるフランスにある高校から、互いに教師を派遣し合う研修プログラムの一環として、はるばるこの大阪の地にやってきた。担当する教科は英語。フランス人が何で英語？　とは誰もが思うところだけど、フランス語の授業はウチの学校にはないし、彼女自身もロンドンの大学を卒業して英語を教えることに問題はないとのことで、高一と高二の授業を担当している。

　ちなみにソフィーは、身長が百八十センチを超える黒人女性だ。私よりもゆうに二十センチは背が高い。勧められた席に腰を下ろし、長い足を丁寧に揃えながら、ソフィーは手にしたペットボトルの麦茶をひと口含むと、

「滝川先生、モグリって何ですか？」

　と口元に笑みを浮かべ訊ねてきた。

「ええと、モグリってのは……」

私は思わず天井を見上げる。

彼女は二十七歳。年が近い同性ということで、私がサポート役を任されることになった。と言っても、彼女はすこぶる日本語が堪能、生徒とのコミュニケーションもほとんど問題ない。本人曰く、教職に就いてから、日本語の勉強を始めたのだという。もともと語学習得の才能があったのだろう。それでも発音があまりに達者なので、フランスで近くに日本人がいたのかと訊ねると、何と日本のアニメを見て勉強したのだという。

そもそもアニメとマンガへの興味が、彼女が日本語を習うきっかけになり、初来日へと導くカギとなったらしい。その後、正式に校長から彼女のサポート役に任命され、

「日本史を教えている滝川と言います。わからないことは、何でも訊いてくださいね」

と改めて自己紹介したとき、真っ先にぶつけられた質問が、

「『きまぐれオレンジ☆ロード』ってどういう意味ですか?」

だった。私は知らなかったが、むかし、アニメにもなった、有名なマンガのタイトルらしい。

それからも、彼女が繰り出す質問はすぐには答えにくい、たとえば「『よう言わん』は結局言うのですか?　言わないのですか?」といったクセのあるものばかりで、なかなかお役に立てないのがもどかしかったのだけれど、今回の質問はとても簡単だ。

オホンと咳払いして、私は机の上に置いてあった「大和会」と表紙にプリントされた冊子を差し出した。

「お答えしましょう、ソフィー先生。大和会というのは、私たち大阪女学館と、その姉妹校にあたる京都女学館と奈良女学館――、この三校の先生たちによる合同の研究発表会のことです。毎年六月に開催され、会場は大阪、京都、奈良の三つの場所を一年ごとに持ち回るルールです」

大和会のパンフレットをぱらぱらとめくった彼女の手が止まり、その長い指がページの一カ所を差した。

「滝川先生が登場です」

「そうなんです！　今年の開催校は京都で、私が大阪女学館の社会科代表として発表する予定で――。あ、せっかくの機会だし、ソフィー先生もいっしょに京都に行っちゃう？」

「私も、いいのですか？」

行きたいです京都、とソフィーの顔に喜色が鮮やかに広がる。さっそくスマホを取り出し、「いつですか、大和会」と訊ねてきた。

「再来週です。六月最初の日曜日」

「行けます！」

「でも、大和会は午前中から夕方まで開催で、その日に観光するのは難しいから――。思いきって、前泊して観光しちゃう？」

しちゃいます、とソフィーが無邪気にうなずき、あっという間に京都行きが決定した。

「滝川先生の発表——、話すことは決まっているのですか？」

「私の名前の下に、発表タイトルが書いてあります。今も資料作りの真っ最中」

「ぶりぶり……？　何ですか。知らない言葉です」

難しい顔で首を横に振るソフィーの前で、私は待ってましたとばかりに、机の一番下の引き出しを開けた。三日前に完成したばかりのブツを取り出し、鼻息も荒くそれを頭上に掲げた。

「これです、ぶりぶりぎっちょう！」

*

はじめて大阪を出ると言っていたソフィーと無事合流できるか心配だったが、待ち合わせ場所のＪＲ京都駅にて、周囲よりも頭ひとつ、いや、ふたつ抜けた彼女の立ち姿は遠目からも一発で視認可能だった。

「ワオ！　ソフィー先生、その髪型、めっちゃ素敵」

すらりとしたパンツを穿き、白いシャツを羽織るソフィーはただでさえモデルさんのような佇まいで、ふんわりカーリーヘアの根元をヘアバンドで束ねたことにより、まるで泉が湧き出したかのような上方向への動きが加わり、スタイルのよさがいっそう際立つ。

「これ、サムライのスタイルです」

昨日の学校帰りにアメリカ村に寄り、腕のいい美容師にやってもらったのだという。

「よく、そんな情報、知ってたね」

全部ネットで調べました、とソフィーは笑って手元のスマホを揺らして見せた。

「じゃあ、今日泊まる場所もネットで？」

宿のほうは彼女が泊まりたいところを探して予約するというのでお任せした。私は観光ルート作りを担当し、腕によりをかけたプランを練り上げてきた。

「はい、おもしろそうなホテルを予約しました」

「おもしろい？」

どこを予約したの？　と訊ねようとしたとき、

「ヨッ、ご両人、お待たせです」

という軽快な声がかかった。振り返ると、そこには案の定、派手なピンクの半袖シャツを着た、よく知った顔が待ち構えていた。

「おやおや、誰かと思えばトーキチロー先生。どうして、こんなところに？」

「またまた、滝川先生、意地悪なんだから」

私が言葉を返すよりも早く、彼は素早くソフィーの前に回りこみ、ぺこりと頭を下げた。

「お初にお目にかかります、ソフィー先生。わたくし、京都女学館の岡島（おかじま）と申します」

あれ？　とソフィーが首をわずかに傾ける。「今、トーキチロー先生と」

「下の名前が藤吉郎(とうきちろう)なんです。岡島藤吉郎。学校でも生徒たちからは、藤吉郎先生と呼ばれています。親父が大の豊臣秀吉のファンだったもので。子どもの頃は何でこんな古臭い名前と思っていましたけど、今は結構気に入っています。あ、藤吉郎というのは、豊臣秀吉の若い頃の名前なんですよ。先生、豊臣秀吉はご存知ですか？」

「大阪城を建てた人ですね。彼の印はええとｇｏｕｒｄｅだから……、ひょうたん！」

「その通り、馬印はひょうたんです。トレビアン！」

「滝川先生から教えてもらいました」

「滝川先生とは同期の間柄で、同じ日本史の教師ということもあって、姉妹校の枠を超えて仲良くさせていただいています。今日は何卒よろしくお願いします！」

「こちらこそ。私の名前はソフィー・フロイスです」

「あれ、ひょっとして先生はポルトガルの出身ですか？」

「父はポルトガル人で、母がフランス人です」

すごい、とソフィーが驚いた表情を見せる。

「織田信長が活躍した頃に、フロイスというポルトガル人宣教師が来日していたんですよ。それで、ひょっとして、と思ったんですが、当たっちゃった――。滝川先生、何だか幸先よいスタートですよ！」

ひとり勝手に上機嫌になって、まるで引率気取りで、「こっち、ついてきてくださいよー」とソフィーに向かってウインクなどを飛ばすピンクシャツ男に、私は先ほどから醒めた視線を送っている。

岡島藤吉郎。

相変わらず、軽い男である。

彼に会うと、私はいつも「御伽衆」という言葉を思い出してしまう。

戦国時代、大名たちの側で小咄などを語り、主君たちを楽しませることを生業とした、「御伽衆」なる不思議な役職の人々がいた。おそらく、現代の私たちがテレビでお笑い番組を楽しむように、殿様たちも彼らを呼んで気軽な笑いを求めたのだろう。

きっと「御伽衆」って、こんなふうに、放っておいたらいつまでもしゃべり続ける、生粋のお調子者が採用されたのだろう、とトーキチローを見るたび、私のなかで「御伽衆」の具体的なイメージが膨らんでいく。

さらには、その耳の早さ。

いつの時代も人が好むのは俗世間のゴシップゆえに、かつての「御伽衆」もさぞ噂話などの情報収集能力に長けていたはずだ。

今回もどこから聞きつけてきたのか、「ソフィー先生の初京都訪問、この藤吉郎めも、ご一緒したいです」というメールを寄越し、

「観光プランはもう決めたんですか？　当日まで内緒？　でも、市内のあちこちを移動するなら、車があったほうが断然ラクじゃないですか？　よかったら車、出しますよ」

と誘われてもいないのに、逆に誘いの文句を送ってきた。

さすが令和の御伽衆。バスやタクシーを何度も使ったらソフィーが気疲れしてしまうかも、という私の懸念を読み取ったかのような、絶妙な申し出だった。

あまり気乗りしなかったが、ソフィーもいろんな先生方と交流を持ったほうが楽しいだろうと考え、承諾の返事を送ってしまった。ゆえにこの派手なピンクシャツ男が、ドライバー役として、この待ち合わせ場所に登場したわけである。

*

口が達者な京都女学館の社会科教師は、ことのほか車の運転も達者だった。

私たちを乗せたトーキチローの車は巧みに混雑を避けながら、ときに大路を、ときに小路を抜け、最初の目的地、大徳寺を目指した。

「ひさしぶりだなあ、大徳寺に来るのは。あれ？　でも、この白壁が続くアングルを最近、何かで目にしたような――。そうだ。年末にテレビで見たんですよ。全国高校駅伝で選手たちが、ここを大勢で走るんです。ソフィー先生、駅伝ってわかりますか？」

北大路通に面した、石垣の上に連なる白壁を指差しながらの運転手の問いかけに、ソフィーはヘアバンドで束ねたカーリーヘアのてっぺんが車の天井をこすることを気にしつつ、

「エキデン、知ってます。マンガで読みました。タスキをつなぐ、ですね」

とさすがの知識量でもって応酬している。

車はスムーズに駐車場に滑りこみ、私たちは車から下りて寺の総門へ。門前にて、私はおもむろにカバンから小ぶりな紺色の帽子と小旗を取り出した。

「何ですか、それ？」

いぶかしげなトーキチローの視線を受けながら、帽子を頭の上に載せ、小旗を掲げた。

「それでは改めて、ソフィー先生がはじめての京都を満喫するためのツアーのタイトルを発表します。今日のツアーのテーマは、ずばり『本能寺の変』です！」

どこまでわかっているのか、「オー」と明るい声を上げ、ソフィーがパチパチと拍手で迎えてくれた。

「あ、そうか。明日は」

御伽衆めが才走って余計なことを言う前に、「黙らっしゃい」とばかりに小旗で彼の口を塞(ふさ)いだ。

「ソフィー先生、今日の日付は？」

「六月の、いち日です」

「そう、そして明日六月二日は、日本史のなかでもっとも有名な事件のひとつ、『本能寺の変』が発生した日なんです。ソフィー先生、織田信長は知ってますか？」

「知ってます、ノブナガ。アニメやマンガでサムライが登場する作品、だいたい彼がいますね」

「確かに」と横からトーキチローも同意の相づちを入れる。「映画にドラマに小説にマンガに、信長ほど引っ張りだこの、歴史上の人物もいないかもしれません」

オホンとひとつ咳払いして、私は小旗を軍配のようにサッとはためかせた。

「ア、ときは戦国時代――。天正十年、これは西暦一五八二年のことですね。畿内を制圧し、飛ぶ鳥を落とす勢いだった信長は突然、家臣である明智光秀の謀反に遭います。数十人のわずかな家来を従え、京都の本能寺に宿泊していた信長は、羽柴秀吉の援軍に向かうはずだった一万を超える明智軍の急襲を受け、天下統一を目前にして呆気なく命を落としてしまいます。これが日本史上もっとも有名なクーデター事件、『本能寺の変』です」

オー、本能寺の変キター、とソフィーが巧みに合いの手を入れてくれる。

「突如、支配者を失ってしまった畿内の治安は一気に乱れ、このとき堺でのんびりと観光をしていた徳川家康も――、のちの江戸幕府を作った人物ですね、命からがら自分の領地に戻っています。さて、謀反を見事成功させ、次の天下を狙うのは自分だとノリノリだったはずの明智光秀でしたが、『中国大返し』を成功させた羽柴秀吉によって呆気なく討ち取られてしまいます。その後、織田家の有力な家臣たちが集まり、清洲会議が開かれましたが、後継者争いで一歩リードした秀吉が、主君信長の葬儀を盛大に執り行ったのが——、こちらの大徳寺なのです！」

気分はすっかりバスガイド、旗を振り振り、私は大徳寺の境内へと足を踏み入れた。

見どころはたんとあれど、続くスケジュールがみっちり詰まっているので、早足で寺を回ったのち、そのまま徒歩で次の目的地である建勲神社へ。石段を上った先の社殿の前にて、さっそく私は案内を始める。

「こちらは織田信長を神として祀る、たけいさお神社です。この神社には信長の資料として最重要と言われる『信長公記』が納められています。『信長公記』には、本能寺の変で信長が発したと言われる、とても有名な言葉——」

ここでひと呼吸入れたとき、私の前にすっとピンクシャツの背中が現れた。

「『是非に及ばず』が登場するんですよ、ソフィー先生。『是非に及ばず』、どうですか？短い言葉だけど、とてもシンプルに信長の性格を表しているように、僕は思うなあ。明智の軍勢に寺を囲まれ、自分の手勢はたったの数十人。もうダメだと悟ったとき、裏切った光秀への恨みを垂れるでもなく、悔いを残すでもなく、ただ短く、このひと言。くぅ、シビれる。僕はそこに滅びゆく者の、神々しいまでの美しさを感じずにはいられないです」

「ちょっと、何ですか、いきなり」

思わず抗議の声を上げるも、当人はどこ吹く風といった様子で、

「あ、ソフィー先生、ここから京都の市内が見渡せますよ。京都が山に囲まれた盆地だということが、よくわかるでしょう。あそこに見えるのが、我が京都女学館です。向こうに見えるのは大文字山。ソフィー先生は、送り火って聞いたことありますか？　ここ、意外と穴場かも――」

などと、ご機嫌に話を続けている。

いともたやすくこちらのペースを乱してくる。これも御伽衆たる所以か、と早くも彼の同行を許可したことを後悔しつつ、われわれは次の目的地へ――、すなわち今日のツアーの主役、いや、主戦場とも言える場所に向かった。

「こちらが、本能寺です」

寺町のアーケードに面した正門前で、旗を掲げて紹介すると、

「この場所でノブナガは襲われて、寺は燃えたのですね……」

とソフィーが感慨深げに声を上げた。

「それが違うんです、ソフィー先生」

え？　と目を見開いたついでにカーリーヘアがふわりと揺れる。

「信長の死後、京都の支配権を握った秀吉は、大規模な街の区画整理をします。その際、本能寺は以前あった場所から移転を命じられ、この場所に引っ越してきたんです。ソフィ

ー先生、あれを見て」

　私が指さす先、正門の柱に掲げられた大きな表札には「法華宗大本山本䏻寺」とある。

「漢字、いっぱいです」

　私はジャケットのポケットからメモ帳を取り出し、そこに「本能寺」と書きこんだ。

「これが私たちが普段使っている『本能寺』の表記です。『能』の字を見比べてみて」

　何度かメモ帳と表札の間に視線を行き来させたのち、「似てるけど、右側の字が違う?」

とソフィーは自信なさそうに答えた。

「大正解！　その通りです、実はあの『䏻』の文字――」

　と満を持して説明に入ろうとしたとき、私の視界に乱入したのは、またもや例のピンクシャツ男だった。

「何とこの本能寺、室町時代に建てられてから、これまで五度も火事で燃えてしまっているんです。だから、縁起が悪いと字を変えることにしたんですね。ソフィー先生なら、この『能』という漢字、どう覚えますか?」

　ウウン、と改めてメモ帳をのぞきこみ、長い指で何度かなぞる仕草をしつつ、

「カタカナの『ム』に漢字の『月』、右側はカタカナの『ヒ』が二つ……ですか?」

とソフィーは首を斜めに傾けた。

「トレビアン！　完璧です、ソフィー先生。『ヒ』すなわち、火を嫌ったんですね。もう

これ以上、火事になるのはご勘弁ということで『ヒ』ではなく、別の字を使うことにしたんですよ」

「それ、すごくおもしろいです」

でしょう、とご満悦の表情を浮かべるトーキチローの前に、「あのさあ」と限りなく仏頂面でもって割って入った。

「何なのよ、さっきから人の邪魔ばかりして」

「邪魔？　いえ、僕はソフィー先生に歴史のおもしろさを知ってもらおうと思っただけで……」

「だから、それは私の役割なの」

「え、どうしてです？」

「どうしてって――。当たり前じゃない。これは私が企画したツアーなんだから」

「でも、ガイドがひとりだけとは決まってないでしょう。歴史は誰の前でも平等な顔をしているはず。あ、僕、とてもいいこと言った」

「言ってません！　御伽衆は黙ってて」

「お、御伽衆って誰のことですか」

まあまあ、と見るに見かねたのか、ソフィーに仲裁に入られ、赤面しつつ我に返る。

「そうだ、ソフィー先生。ヤスケって知っていますか？」

もちろん、恥じ入る様子などかけらも見せずに話しかけるトーキチローに、「ヤスケ？　わかりません。食べ物ですか」とソフィーが首を横に振った。

「人の名前です。本能寺の変に参加した唯一の黒人男性です。イエズス会の宣教師が従者として彼を連れていたところ、信長がいたく気に入り、自分の護衛にすることを希望したんです。弥助という日本名を与え、本能寺の変のときも、信長を守る数十人のひとりとして明智軍と戦いました。とても勇敢な戦士だったようです」

そんな人がいたのですね、と驚くソフィーの反応にホクホク顔が止まらないトーキチローを眺めていると、いったんは収めようとした怒りの感情が、「そんな必要なし！」とばかりに復活してきた。

「勝負です、トーキチロー先生」

気がついたときには口走っていた。

「はい？」

「もんこうで勝負！」

もんこう？　とトーキチローとソフィーが同時に首を横に傾けた。

*

「コレ、何ですか？」

広さ六畳の和室に、私、ソフィー、トーキチローの順で横並びに座っている。三人がのぞきこむ先には、一見、茶碗蒸しにでも使えそうな小ぶりな器が用意されていた。

私はメモ帳を開き、そこに「聞香」と書きこみ、ソフィーに差し出した。

「香りを聞くと書いて『もんこう』。これから始めるのは三種香（さんしゅこう）と呼ばれる、言ってみれば香り当てのゲームですね」

なるほど、香道かあ、とうなずくトーキチローの隣で、サンシュコーとまるで呪文を唱えるようにつぶやくソフィーは、慣れないだろうに、実に器用に座布団の上で正座している。

場所は香木店「蘭奢堂（らんじゃどう）」。

屋外を歩いてばかりだとソフィーが疲れてしまうので、いわゆる体験型のプランを間にひとつ挟んでみたのだ。

「実は織田信長、豊臣秀吉、徳川家康の三人も大のお香ファンでした。意外なことに、あまり派手なイメージのない家康がいちばんの香木コレクターだったようです。でも、何と言っても、有名なのは織田信長の蘭奢待（らんじゃたい）切り取り事件」

「ランジャ――タイ？」

ソフィーが言いにくそうに復唱する。

「天下一の名香『蘭奢待』。東大寺の正倉院に納められ、門外不出だったこの香木を、信長は天皇まで動かして一部を切り取らせ、自分のものにしたのです。当時、彼がどれほどの権力を持っていたかを、お香が証明しているわけですね」

「もらったランジャ……、それから、どうなったのですか？」

「おそらく、本能寺でいっしょに燃えてしまったかと」

「じゃあ、本能寺の変のとき、いい香りがしましたね」

どこまでも真面目な口調で語られるソフィーの冗談につい笑ってしまうと、それまで私たちの前で黙々と準備を進めていた女性が、

「みなさま、たいへんお詳しいのですね」

と先ほどの茶碗蒸し用のような器——、すなわち香炉を手に正座の向きを変えた。

「こう見えて僕たち、高校で教えてまして」

みなさんは先生なんですか？　と物腰のやわらかな口調を保ちつつ、女性は驚いた表情を見せた。店の制服ベストの胸に「丹羽（にわ）」とふりがなつきの名札をつけた女性は、色の白い、くっきりとした顔立ちが印象的だった。常に口元にうっすらと笑みを浮かべ、細かくうなずきながらも、トーキチローのおしゃべりをやんわりと止め、

「それでは、一回目のお香です。この灰の中には炭が入っています。その熱でお香を焚（た）きます」

と畳の上の香炉を手で示した。

小ぶりな香炉には、白い灰がこんもりと山型に盛りつけられている。表面に筋が入っているため、モンブランのカップケーキのような趣（おもむき）が漂っている。その灰の小山のてっぺんに、女性はピンセットで一センチ四方ほどの薄い半透明の板を置き、その上に小さなかけらをのせた。

「香道では、お香は『嗅ぐ』のではなく、『聞く』ものとされています。心静かに香りを味わってみてください」

香炉の上に蓋をするように手を置き、独特な所作で一度、香りを確認してから、女性は私の前に香炉をすっと差し出した。

香炉を手に取り、香りを確かめる。

鼻孔の奥にすうと忍びこんでくる、やわらかな和の香りに、しばしの間、うっとりとしてから、お隣のソフィーに香炉を回す。

ソフィーは慎重な動きで香りを確かめていたが、やがて目を閉じて、とても優雅な雰囲気とともに余韻を味わっていた。

「ソフィー先生、匂いはきつくない？　大丈夫？」

「大丈夫。とても、いい香りです」

にっこりとほほえんで、ソフィーは最後のトーキチローの前に香炉を移した。

「負けませんよ、滝川先生。僕はこう見えても繊細な男なんです」

トーキチローが香炉に鼻を近づけ、ふがふがと鼻の穴を広げる様子はどことなくMr.ビーンを彷彿(ほうふつ)とさせた。さすがは御伽衆。笑ってしまう前に視線を外した。

三人が香りを「聞いた」のち、戻ってきた香炉に、女性はピンセットで次のかけらを置く。その小さな切片が香木らしい。

「それでは、二回目です」

なめらか、かつ優美な動きで香炉を手のひらで包み、匂いを確かめると、ウンとひとつうなずき、「どうぞ」と差し出した。

計三度の香りを「聞いた」ところで、私たちは手元の紙にそれぞれの答えを記入した。

「それでは、みなさまのお答えを」

丹羽さんのやわらかな笑みに促され、さっそくトーキチローが先陣を切る。

「これは、自信ありますよ。実は僕、かなり嗅覚が鋭いんですよ。ずばり、三回ともすべて違う香りです。ソフィー先生の答えは？」

「二回目と三回目が同じかも……、です。滝川先生は？」

「私は一回目と三回目が同じ香りだと思いました」

見事に三人の答えが分かれた。

「正解は、おひとりだけです」

おッという気張った声がトーキチローから漏れる。丹羽さんはしばし間を空けたのち、

「お見事です」と私に向かってほほえみかけた。

「一度目と三度目に、伽羅(きゃら)というお香を焚きました。先ほど、おっしゃっていた蘭奢待は、伽羅の香木だそうなので、似た香りがしたかもしれませんね――」

三人の高校教師が同じタイミングで「ほほー」と感嘆の声を上げ、丹羽さんはすっと畳に手を突き、深々とお辞儀した。

その三　サロン

「わかったわよ」

すべてを了解した私は、額に銃を突きつけられようとお構いなしに、長イスから立ち上がった。

そんな大胆な動きをするとは思わなかったのか、相手も「オ、オイッ」と慌てた様子で私の胸元に銃口を構え直す。

「フンッ。そんなオモチャまで用意して」

浴衣姿のまま仁王立ちする私に、

「滝川様、お身体は大丈夫ですか？」

とイケメンなホテルマンが心配そうに声をかけてくる。

「羽柴様も、どうか落ち着かれて――」

銃を下げるようジェスチャーで示すが、

「何だ、今の話は？　京都をぶらぶらしたってだけで、なぜここに泊まっているのか、何の説明にもなっていないだろうがッ」

と相手は依然、銃口を向けたまま語気を荒らげた。

「お前たちも、何でこんな女を泊まらせたんだ？　ボスがいること、知っていたよな？」

「滝川様からは正規の御予約をいただいております、私どもは予定どおりご案内を」

「ねえ、いい加減にして。聞香勝負に負けたからって、朝からこんなイタズラ仕掛けるなんて、どういう神経してるのよ。その悪趣味なスーツも何？　ピンク色のシャツはまだアリだとして、ピンク色のスーツなんてあり得――」

いきなり空気が震える衝撃とともに、真後ろで何かが砕け散った。驚いて振り返ると、ダイニングテーブルの上に飾られていた大きな花瓶が粉々に砕け、消えていた。

「ウソ……」

「俺はな、本気で怒ってんだ。ボスが死んだんだぞ。アンタ、何でここにいる？」

岡島藤吉郎――、京都女学館の社会科教師は、目を真っ赤に充血させ、震える声で告げた。

その四　うつけ者

大徳寺、建勲神社、本能寺、聞香体験、阿弥陀寺、京都御所――。

改めて数えてみたら、半日で回るにはかなりの強行軍スケジュールである。

「ソフィー先生、おつかれさま。トーキチロー先生も運転、ありがとうございました」

「滝川先生のガイド、最高でした」

「僕も、とてもいい勉強になりました。京都に住んでいて、いつでも行けると思うと、逆に足が遠のくところあるんですよね。御所の中にグラウンドがあることも、知らなかったなあ」

ビールジョッキを掲げ、三人で乾杯した。

注文した料理が揃うまでの間、私はカバンの中から例のブツを取り出すと、それを白木づくりのカウンターの上に置いた。

「はじめて見ました。これが、ぶりぶりぎっちょうかあ――。またマニアックなところを攻めてきましたね」

トーキチローが感心しきりといった様子でのぞきこむ。

場所は五条烏丸にある居酒屋「うつけ者」。夕食の店選びはぜひ自分に！　とうるさかったのでお願いしたところ、湯葉料理が絶品だというトーキチロー行きつけの店に連れてきてくれた。

「トーキチロー先生も、知らなかったですか？　ぶりぶり……、ぎっ、ちょう。やっと、言えた」

「普通、知りませんよ、教科書にも載っていませんから。滝川先生もよく、この題材で発表しようと思いましたね」

「だって、おもしろいじゃないですか、名前が。略して『ぶりぶり』と呼んでいたとか」

「これって何をする道具です？　おみくじですか？」

確かに木製であるし、がらがらと振って細い棒が一本するりと出てくる、神社で見かけるおみくじ筒に似ていなくもない。だが、おみくじ筒より、サイズがひとまわり小さい。さらには、おみくじ筒を真上から見たとき、正六角形であるのに対し、こちらは正八角形。つまり天地で二面、サイドに八面あるので十面体という構造で、中央部分には膨らみがある。

「ぶりぶりぎっちょうというのは、安土桃山時代のあたり――、まさに信長が生きていた時代に、子どもたちの間で流行った遊びなんです。これをホッケーのスティックの先端代わりに使って、玉を打ち合ったみたいです」

「どうやって、これで地面の玉を打つんですか？」

「紐を結んで、ぐるぐると振り回して、玉に当てたようです。そのときの『振る』動作から、『ぶりぶり』という言葉が生まれたようですね」

なるほど、とあごに指を添えてうなずいているトーキチローの隣で、ソフィーが「ぶりぶり、ぶりぶり」と無邪気に連呼するものだから、カウンター席にひとりで座っていたお客さんが、「何だ？」という顔を向けた。

「江戸時代になると遊び自体は廃(すた)れ、男の子の健康を願う、儀礼的なおもちゃとして農村部に残るようになります。実際にどういう遊び方をしていたのかは、はっきりとはわかりません。今も茶道では、『ぶりぶり香合(こうごう)』と言って、これに似たかたちのものを、お香を入れる容器として使っています。それを参考にして、技術の先生に頼んで作ってもらいました。明日は、私なりに考えた遊び方を大和会で発表するつもりです」

「滝川先生、毎日学校に残って、資料を作ってました」

「そうなの、ソフィー先生。大変だったのよ」

そこへ、「お待ちどおさん」とカウンターの向こうから、店の大将が料理の皿を運んできた。

「これは、何ですか？」

興味津々の眼差しで皿をのぞきこむソフィーに、

「湯葉の刺身だよ。お姉さん、豆腐食べられる？」

と大将はよく通る声で返す。

「豆腐、大好きです」

「じゃ、大丈夫だ。豆腐の兄貴みたいなもんだから」

見たところ、大将の年は五十過ぎくらい。あごから耳までつながる立派な髭に赤ら顔、さらには太い眉にどんぐり眼――。恰幅もよいものだから、料理人というよりも、どこか山賊の首領のような雰囲気を醸し出している。

ソフィーは器用に箸を操り、ふるふるとした湯葉の刺身をつまみ上げると、醤油につけてから口へ運んだ。

「ワッ、おいしいです」

大将がニッと笑い、親指を立て「グッド」のポーズを見せた。

「わからないことあったら、何でも聞いておくれ、お姉さん」

「お店の名前の『うつけ者』は、どういう意味ですか？」

「そりゃ、織田信長って意味よ」

まさに打てば響くが如くの勢いで、大将は威勢よく返してきた。

「ノブナガ？」

「お姉さん、知ってる？　織田信長」

「知っています。大徳寺でお葬式をして、建勲神社に祀られ、ランジャタイを切り取りました」

お、おう、と圧倒されたように、大将はどんぐり眼をぱちくりさせ、

「その織田信長が若い頃、馬鹿の真似ばっかりして、まわりから『うつけ者』って呼ばれていたんだ。俺もむかし馬鹿ばっかりやってて、織田信長のことが好きだったから、『うつけ者』を店の名前にしたわけ」

とどこか誇らしげな表情とともに親指で自分を指差し、仕事に戻っていった。

「きっと、一五八二年の今ごろ、明智光秀は亀山城から本能寺に向け、出発したんでしょうね。本当は旧暦だから別の日だ、なんて野暮なツッコミはおいといて、今夜、日本歴史上もっともミステリアスな事件がいよいよ始まるわけです」

「ミステリアス？　なぜですか？」とソフィーが湯葉を醬油につける手を止めた。「明智がノブナガを殺しました。なら、犯人は明智。それでおしまい。あ、ナルホド――。真犯人は彼じゃない？」

「ご名答。織田信長を襲った明智光秀の背後には実は黒幕がいて、光秀は操られただけではないか、という説があるんです」

「私、そういう話、大好きです」

「本当？　じゃあ、いっぱい話させてください！」

「僕にも、話させてくださいよ」

「あなたはいいから湯葉食べてて」

「ど、どうしてですか」

真ん中にソフィーを挟み、鋭くピンクシャツ男と視線がぶつかり合ったとき、

「あの……、失礼ですが」

という声がトーキチローの向こうから聞こえてきた。

同じくカウンター席の端でそれまでひとり静かに飲んでいた客がこちらに顔を向けている。先ほどソフィーが「ぶりぶり」を連呼したときに、驚いた表情を見せていた男性だ。

「それで、本能寺の変の黒幕は誰なんでしょうか？」

「お、坊主が参戦か？」

カウンターの向こうから、どこか、からかうような調子の大将の声が飛んできた。

「ボーズ？」

ソフィーが首を傾げる。

「そのツルツル頭を見たら、わかるだろ？　トクさんはな、坊さんなんだよ」

年齢は四十歳くらいだろうか？　はにかんだ笑みを浮かべ、「トクさん」と呼ばれたスキンヘッドの男性はぺこりと会釈した。

「ご紹介のとおり、坊主をしております。失礼、みなさんのお話がつい聞こえてしまって——。ぜひ、続きをうかがいたいと思いまして」

「任せてください！」

　ジョッキのビールをぐいと飲み干し、私は鼻息も荒く宣言した。

「すべての問題は動機なんです。ソフィー先生の言うとおり、本能寺の変の実行犯は明智光秀。そこに疑いの余地はありません。じゃあ、どうしていくつも黒幕説が生まれたのかというと、彼が謀反を起こした理由がわからないからです。それもこれも羽柴秀吉、のちに天下を取った彼があっという間に光秀を討ち取ってしまったためです。そこで生まれた、有名な言葉がご存知――」

　ひと呼吸入れた一瞬の隙を突き、

「三日天下です！」

　とトーキチローが割りこんできた。

「ちょっ――」

「早過ぎる秀吉の反撃に、準備を整えることができないまま、光秀は本能寺の変のたった十一日後に、山崎の戦いにて敗れ、死んでしまいます。だから、正確には三日天下じゃなくて十一日天下ですね」

　そこで言葉を区切り、トーキチローが箸に引っかけていた、ふるふるの湯葉をひょっとこ口に運ぶ。その隙を逃さず、素早く主導権を取り戻す。

「この一連の事件に関し、光秀は詳細な記録をいっさい残しませんでした。なぜ謀反を起こしたのか？　信長の何が不満だったのか？　肝心の理由は今もわからないままです。きっと同時代の人々の間でも、謀反の動機は大きな話題になったはずですけど、光秀がなぜ本能寺を襲ったのか、その真相を解き明かし、正確に書き残した人は誰もいません」

「誰も？　それ、とても不思議議です」

ソフィーが目をぱちくりとさせ、驚きの声を上げる。

「結果、たくさんの黒幕説が生まれました。いちばん有名なのは秀吉黒幕説ですね」

それはわかりやすい説ですね、と穏やかな声がカウンターの端から聞こえてきた。

「信長の死で、いちばん利益を得たのは誰か？　亡き主君の跡を継いで天下を統一した秀吉だ」

トクさんの言葉に、「ナルホド、ナルホド」と隣でカーリーヘアがさわさわ揺れる。

「ほかにも天皇黒幕説、足利将軍黒幕説、徳川家康黒幕説、イエズス会黒幕説がありますね。最近は、四国の長宗我部氏がらみの問題がきっかけだった、という新説も出ています」

「坊主はどう思ってんだよ」

カウンターの向こうから響く大将のダミ声に、「柴田さん、僕の話はいいよ」とトクさんが恥ずかしそうに手を振る。大将の名前は「柴田さん」と言うらしい。

「そんなこと言わず、教えろよ」

「私はねえ……。光秀は単に上司である信長をうとんじての暴発だったんじゃないか、そんな気がするんです」

「光秀遺恨説ですね。足蹴にされたとか、殴られたとか、今で言うパワハラを光秀が信長から受けていたっていう――。確か、宣教師フロイスが当時の伝聞を書き留めています」

フロイス！　とソフィーが小さく声を上げた。

「どんな組織にも非常識で、相手の気持ちを考えない、厳しいだけの上司というのはいるんですよ。合う、合わないもあります。織田信長はきっと、何を考えているかわからない、冷たくて残忍なボスだったのではないでしょうか。きっと、光秀は戦国随一のブラック職場だった織田家で働くには、常識人すぎたんです。そこで擦り切れてしまったんです」

やけにしんみりとした口調で、手にしたおちょこを口に運ぶトクさんに、

「どうした？　嫌な檀家にいじめられたか？　これで機嫌直しな。アンタの好物」

と大将が元気なかけ声とともに、新しい皿をカウンターに差し出した。

「はい、こちらも」

皿に盛りつけられているのは、白く輝く鱧(はも)の湯引きだった。梅肉のソースにつけていただくと、鱧のぷりぷりした歯ごたえのあとから、やさしい淡泊な味わいが口じゅうに広がっていく。

「ソフィー先生、鱧という魚は生命力が格別に強いんですよ。むかしは四方が陸地の京都

で新鮮な海の魚を食べるのは難しかった。でも、鱧は海で獲ってから京都まで運んでも傷まないどころか、死んでいないこともあったそうです。だから、鱧料理が京都で発展したんですね」

トーキチローがここぞとばかりに蘊蓄（うんちく）を披露し始めたが、鱧のおいしさに免じて好きにしゃべらせてあげることにした。

＊

しこたま、酔っ払ってしまった。

私もこのくらい染まっているのだろうか、とトーキチローの情けないほど赤みが増した顔を前にして、「猿面冠者（さるめんかんじゃ）」という豊臣秀吉の若い頃のあだ名を思い返していると、

「それで、先生はどの説を採用するんだい？」

と大将がカウンターの向こうから、皿を両手に登場した。

「あ！　赤こんにゃく。私、食べたことないです」

「こんにゃく？　『ほんやくコンニャク』のこんにゃくですか？」

こんなところでも役に立つ豊富なアニメ知識でもって、ソフィーが皿をまじまじとのぞきこむ。

「まるで……、レバーです」

「赤こんにゃくは滋賀の名産なんですよ。安土に城を構えた織田信長が、赤色が好きだったから、それにちなんでこんなふうに赤く染めたって話もあるくらいです」

素早くトーキチローが手柄を掻っ攫っていくが、私は腕組みしてそれを無視。そのまま、しばし長考したのち、

「決められない……です」

と絞り出すように答えた。

「どの説も無理があるように感じられる一方で、あまりにも明智光秀の奇襲がうまくいってしまった。だから、誰かとの密約や、誰も知らない光秀自身の動機が裏に隠されているのでは、という疑いが生まれるのもよくわかります。ううん、難しい――」

同じく腕組みをしてそれを聞いた大将は、

「実は俺……、あまり好きじゃないんだよな。本能寺の変がらみの話って」

と急にテンションを落とした声を発した。

「え、どうしてです？」

「だって、俺のヒーローであるうつけ者の殿様が、誰からも嫌われすぎじゃねえか。いったい、どれだけの連中から、死んで当然と思われているのか、って話だよ」

なるほど、そういう見方もあるのか、と厨房の壁に飾られた「人間五十年」という墨書

を、節つきで心で詠み上げていると、

「本能寺の変の謎を解き明かす方法なら――、僕、知っていますよ」

　妙につるんとした赤ら顔で、トーキチローが視界に割りこんできた。

「え？」

「そりゃ、すごい！　何ですか、教えてください」

　こちらも茹蛸のようになっているトクさんが箸の先の赤こんにゃくを齧りながら応じる。

「なぜ明智光秀が謀反を起こしたのか、その理由を正確に知っている事情通が当時、必ずいたはず。なら、その人が書き残したものを見つけたらいい――、これが答えです」

　なーんだ、と一瞬期待した自分が馬鹿馬鹿しくなりながら、赤こんにゃくをひと切れいただいた。わ、見た目と違って、これとてもおいしい。

「あのね、トーキチロー先生。それがどこにも残ってないから、みんなしてああでもない、こうでもない、と四百年が経っても言い合っているわけでしょ？」

「まあ、時代が悪かったのかもしれません。もしも平安時代だったら、清少納言あたりがきっと世間の噂をまとめたでしょうし、江戸時代だったら戯作者たちが忠臣蔵みたいに物語にまとめたかもしれない。でも、それは平和なときにしか生まれない習慣で、あの時代に求めるのがそもそも無茶って話で――、だからこその戦国時代。こんな街のど真ん中で本能寺の変が起きたわけです」

猿面冠者には似合わぬ、やけに真芯を捉えた発言に、おやおや、トーキチロー侮りがたし、とその火照り顔を思わず見直した。

「確かに、そう言われると、ひとりくらい書き残していてもいいじゃない、って気になるかも」

「もしも、滝川先生がそれを見つけてたら、どうします？　ときどき、あるじゃないですか。地方の旧家の蔵や、古美術商から、とんでもないお宝資料が発見されることが。その資料に本能寺の変が起きた理由がばっちり書き残されているんです」

「そりゃ、発表するに決まってるでしょ。本能寺の変の謎、ついに大解決！　って本を書いちゃいます」

「ワオ、滝川先生、大金持ちですね」

ソフィーがカーリーヘアを楽しそうにゆさゆさと揺らす。

「そのときはソフィー、印税で毎週、温泉に行こう」

「行きましょー」

「僕、車出しますよ。運転代は素泊まりの部屋で相殺してくれたらオッケーですから」

けんもほろろに御伽衆の申し出を断り、そこからはソフィーと温泉談議に花が咲き、彼女が「温泉のお湯の上にお盆を浮かべ、そこにお酒を置いて飲むシーンを体験するのが夢です」と語るのをうんうんとうなずいて聞いた。

大将に見送られ、店を出たのは午後十一時を過ぎていた。

明日の発表は午後だから、大丈夫ですか？　と心配してくれるソフィーに、

「私の発表は午後だから、大丈夫ですよう！」

と笑顔で返し、ふらふらと歩く。

「で、トーキチロー先生、宿の場所はわかった？」

宿はソフィーが予約をしてくれたのだが、場所がよくわからないとのことで、先ほどから彼がスマホで調べている。

「京都の住所は『上ル』やら『下ル』やら、表記が独特ですからね。でも、これ、どこだろう？　住所を入れても、地図に出てこないんですよ」

不意に、私の足元を黒い影がサッと横切っていった。

「キャッ」

鼠か、それとも猫だったのか。

とにかく驚いて飛び上がった拍子に、開けっ放しになっていたようで、肩に担いだカバンから何かが落っこちた。

アスファルトの上に落下したのち、ころころと転がりながら遠ざかる響きは、木のそれである。

「ぶりぶりぎっちょう?」

慌てて追いかけるが、ゆるやかな路地の下りの傾斜に乗って、まるで私をあざ笑うかのように「ぶりぶり」のシルエットが軽やかな音を放ちながら遠ざかっていく。

「待って、待って」

おぼつかない足取りで路地を進むと、お寺の塀だろうか。古ぼけた築地塀(ついじ)が横手に登場した。

その塀沿いに、ぽつんと明かりが点っている。

易者さんだ――。

行灯(あんどん)の内側でゆらめくろうそくの火。その行灯の表面に大きく「占」と赤字で記されていた。

あろうことかその易者さんが座っている足元に、追跡していたブツが転がりこんでいった。易者さんが「ん?」と足元をのぞきこむ。いったん白い布に覆われた台の向こうに易者さんの姿が消えたのち、ふたたび戻ってきた。拾い上げたものが何なのか、行灯の明かりに近づける易者さんの前に、「すみません!」と駆け寄ったとき、

「ぶりぶりぎっちょう、じゃないか」

というつぶやきが聞こえた。

驚きのあまり、すぐには声が出なかった。

ジャケットを諦め、カバンだったか、とメモ帳を探し続ける。

「それよりも、今のぶりぶりの話をですね、もう少し――」

酔いに任せ、結構失礼なこと言っているかも、と思いつつ、

「あー、ごめんなさい。私、占いは信じないポリシーなんです」

とても渋い、それでいてよく通る声で易者さんが訊ねてきた。

「アンタ、何か占ってほしいことはないか？」

ジャケットのポケットをまさぐっていると、
差し出されたぶりぶりぎっちょうを受け取り、カバンに戻す代わりに「メモ、メモ」とのかに横顔を行灯に照らされながら、じっとこちらを見上げている。

易者さんの年齢は五十歳前後だろうか。落ち着いた色合いの着物を羽織り、どっしりと台の向こうに構えている。オールバックにした髪形と相まって、眼光はいかにも鋭く、ほ
「スゴい！　どのあたりの地域ですか？　どうやって遊ぶんですか？　教えてくださいッ」

「かなり、むかしの話だがな」

「ウソ――。まだ、この遊びが残っているところがあるの？」

「ガキの頃、これで遊んだな」

「知っているのですか？」

「今となっては触れることができなくなってしまった真実を知りたい——、そんな相談でもいいぞ」

「あー、それなら。易者さんは、本能寺の変ってご存じですか？　本能寺の変にまつわる真実がわかったら最高かも。日本史史上最大のミステリー、まさしく歴史のロマンど真ん中の事件ですから。あれ、おかしいな」

思いのほか酔いが激しく、なかなかメモ帳を見つけられずにいると、

「ここにいたんですか——、滝川先生」

と背後から声をかけられた。

振り返ると、スマホを掲げたトーキチローが小走りで近づいてくる。

「宿の場所、わかりました。なぜか、急にスマホの地図に出てきて——。ここからはタクシーに乗ったほうがいいですね」

カバンのサイドのポケットを諦め、カバンの内側に手を移動させつつ、「了解でーす」と返事する。

「でもね、易者さん。本能寺の変の真実を知ると言っても、占いであれ、推理であれ、結局は人間の頭が生み出す想像なのよ。想像で万人を納得させることはできない。時間を遡(さかのぼ)って、この目で真実を確かめることができない以上、正確な史料の裏付けと、丹念な研究の積み重ねだけが、歴史の真実を解き明かしてくれるんです。小さなことからコツ

コツと。地道な努力のみが、報われるんです」

「何の話をしているのかわかりませんけど、滝川先生、それ、正しいと思います」

「お、今日、はじめて気が合ったね、トーキチロー先生！」

易者さんは占い台の向こうから、静かに私たちのやりとりを聞いていたが、

「確かに、アンタの言うとおりかもしれない」

とおもむろにうなずいて見せた。

「だが、実際に本能寺の変の真相に触れることができるかもしれない——、と言ったら？」

心なしか、先ほどよりも一段、易者さんの声の質が深まったように感じた。

「時間を遡ることはできなくても、この世に再現することはできる」

「再現？　どういう意味？」

「行きましょう、滝川先生。向こうでソフィー先生がひとりで待ってます。ちょっと、この人、気味悪いですよ」

しきりにジャケットの袖を引っ張ってくるトーキチローに「だから、訊きたいことがあるんだって」と抵抗していると、何やら易者さんは台の上に半紙を置き、さらさらと花びらのような模様を描き始めた。

「何ですか、それ」

「持っていけ。これがアンタを入口に誘う」

「それよりも、私はぶりぶりのことを――」

差し出されるがままに半紙を受け取ったとき、突然、頭上から雷鳴が轟いた。

「え、何？」

ピカリと空が光り、ゴロゴロと機嫌の悪そうな音が続くと、それを合図にしてウソのような勢いで一気に土砂降りになった。

「ソフィー先生が濡れちゃいますって。行きましょう！」

隣に立つトーキチローの声さえ掻き消されてしまうくらいの、雨の激しさだった。とても易者さんの話を聞ける状況ではない。

「ごめんなさい、行かなくちゃ！　せめて、お名前だけでも教えてください。後日、必ずお話をうかがいに――」

すでに台の上の行灯の火は消え、それでも、易者さんは雨に打たれたまま微動だにせず、まるでそこに影が貼りついているかのように台の向こうに座り続けていた。

「滝川先生！」

トーキチローがぐいと腕を引っ張った。

真上で破裂するような雷鳴が響き渡り、周囲が一瞬、真っ白に照らされた。それなのに、目の前の易者さんの顔は不思議と影に覆われ、その表情を確かめることはできなかった。

その五　サロン、ふたたび

私の記憶はそこで途切れる。

その後、どうやってソフィーと合流し、宿に到着したのか、まったく覚えがない。

「本当に私――、自分でチェックインしたんですか？」

身に纏うものがピンクシャツから上下のピンクスーツへ、悪趣味のグレードを格段に上げたトーキチローは依然、銃口を私の胸元に突きつけている。

「昨夜十一時半ごろでございましたが、フロイス様とごいっしょにチェックインされ、私がフロントにて対応しました」

「何だ、コイツ、フロイスの知り合いなのか？　あの先生、ひと言もそんな話、言ってなかったぞ」

「何、言ってるの？　同僚なんだから、当たり前でしょ」

同僚？　トーキチローは眉間にしわを寄せ、「それ、どういう意味だ？」と真顔で訊ねてきた。

「もう、やめない？　あなた、いったい朝から何をやってんの。大和会の準備は？　こんなところで油を売ってる暇なんてないでしょ？　宿の人まで巻きこんで、そこの花瓶に何を仕掛けてたのよ。本当にどうかしてる」

「大和会だと？」

「あなたが今回の幹事でしょ」

「それ、誰から聞いた」

「トーキチロー先生、大丈夫？」

ピンクスーツ男はしばらく私の顔をじっと睨みつけていたが、銃を下ろし、くるりと踵（きびす）を返した。

「あとでこの女も、食堂に連れてこい」

ホテルマンの彼にぶっきらぼうに告げると、銃をポケットに収め、部屋から出て行った。

「何なの、あれ」

腹の底からため息をつくと、

「ご気分はいかがですか」

とやさしく気遣う声が聞こえてきた。おそるべし、さわやかイケメンパワー。意識せずとも、「大丈夫です」と口元が勝手にほころんでしまう。

「あの、今の人って岡島藤吉郎ですよね？」

「羽柴様でございます。少なくとも、私どもはそのお名前で宿泊を承っております」

「え？　彼もここに泊まってるの？　私たちといっしょにチェックインしたってこと？」

「いえ、羽柴様は別のタイミングでございました」

「何それ……。偽名で泊まってるってこと？　わけがわからない」

「これより食堂にて、ご宿泊のみなさま方への説明がございます。お着替えなどの準備が整いましたら、そちらの電話でフロントをお呼び出しくださいませ。私の名前は三木と申します」

「説明って……？」

「滝川様がスイートルームにて目撃されたことについてです」

「でも、あれは人形でしょ？　トーキチローが仕組んだドッキリ企画なんだから。そうだ、忘れてた。私、気絶したんだ。違う、気絶させられた。ああ、腹が立ってきた。ソフィー先生は？　チェックインしているんですよね？　彼女も食堂に？」

三木と名乗ったホテルマンはタオルを手に、テーブルの上に散らばった花瓶の残骸を素早く集めると、「またお迎えに参ります」と一礼し、静かに退室した。

*

着替えを済ませ、部屋の前に立っていると、迎えに登場したホテルマンの三木が、すぐさま私のカバンを持ち、「こちらです」と先導して廊下を歩き始めた。

「恥ずかしい話ですけど、私、全然昨夜のことを覚えていなくて――。この宿の名前を教えてもらえますか？」

実は、まだ自分が泊まっている場所をまったく把握していない。スマホで確認しようにも、なぜか電波が入らず、部屋の中の備品に名前がないか探したが、それも見つけられなかった。

されど、私の質問に答える前に目的地に到着したようで、

「食堂でございます」

と三木は立派な両開きの扉を開けた。

招かれるままに足を踏み入れると、真っ先に目に入ったのは長いテーブルだった。左右に分かれて二十人近くが座れそうな立派なテーブルが、ドンと正面に向かって伸びている。食堂といっても、食べ物の匂いはまったくしない。何も置かれていない長テーブルを囲むように、すでに先客がお互いの間隔をかなり開けて着席していた。

「滝川様、こちらのお席にどうぞ」

三木が案内する席に腰を下ろし、左右を確かめると、斜め前方に見知った顔が座っていた。

「トーキチロー先生！」

「だから、俺は羽柴だ」

「どこからどう見ても、岡島藤吉郎先生ですけど」

「知らないな、そんな名前」

「いつまでその変な演技を続けるつもり？　スーツだって全然似合ってないし、『俺』って一人称も変」

「アンタ、本当に失礼な女だな。俺が駆けつけたから――」

トーキチローが唇の端をひん曲げて続けようとしたとき、

「おい、駆けつけた、って何の話だ」

とドスのきいた声が遮ってきた。

「あなたは――」

私とは三つ席を空けて右側に座る、声の主の横顔をまじまじと見つめた。あごから耳へとつながるもじゃもじゃの髭に、赤みの差した丸い顔。太い眉に大きな瞳。まさしく昨夜の居酒屋の厨房に立っていた大将その人である。

「『うつけ者』！」

ああん？　ダミ声とともに、作務衣からスーツへと装いを変えている大将が、大きく目を剝いた。

「人の顔を見るなり『うつけ者』だなんて、いい度胸してんじゃねえか」

「だって、昨日、お店で……」

「ナメてんじゃねえぞッ」

いきなり、大きな手でドンッとテーブルを叩き、思わず「ヒッ」と声を漏らしてしまったとき、

「やめろ。朝からデカい声、出すな」

という渋い声が大将のさらに向こう側から聞こえてきた。

おそるおそる首を伸ばして確かめるに、六十歳くらいだろうか。痩せぎすな男性がこちらに顔を向けていた。トーキチローの軽薄さとは対極に位置するような、品のあるダークグレーのスーツを纏い、胸元から赤いスカーフを少しだけ見せている。頭頂部まで禿げ上がってはいるが、銀色に染まった長髪を後ろで束ね、こちらを値踏みするような、ねっとりとした眼差しを送っている。

その男性の正面では、黒の生地に金の刺繍ラインが波打つデザインの着物を着た女性が、きりりとひっ詰めた髪に手を当てていた。

「あなた、聞香の……」

聞香体験にて私たち三人に香道の基本をレクチャーしてくれた「蘭奢堂」の店員さん、確か名前は——。

「丹羽さん？」

「何、指差してんのよ。どうして、私の名前を知ってんの」

昨日の穏やかな物腰とはまるで別人のとげとげしい雰囲気に、慌てて視線をそらす。

「それより、ボスはどうしたのですか？」

長テーブルに着席するのは、私のほかに五人。その最後のひとりが、テーブルのもっとも奥の位置から遠慮気味に声を上げた。

丸いレンズのサングラスをかけ、横分けの髪形であるが、どこかアンバランスさを感じさせる見た目である。

神経質そうに指でテーブルをとんとんと叩きながら、男性はもう片方の手でサングラスを外した。

なぜだろう、見覚えがある。

「『うつけ者』にいたお坊さん！」

昨夜の居酒屋のカウンターで、いっしょに「本能寺の変」談議に花を咲かせた――、名前はトクさん。昨夜は堂々たるスキンヘッドだったのに、たった一日で、ふさふさ髪になってしまった。

「お坊さん？　いったい、何の話ですか。誰がこのご婦人を連れてきたのですか。君、この女性は君の知り合いかね」

「だから、俺は知らねえって」

手にしたサングラスのつるの部分を向けられたトーキチローが、いかにも迷惑そうに返事をする。

「ねえ、トーキチロー先生。ソフィー先生を知らない？　スマホが通じなくて連絡が取れないんだけど、大丈夫かな」

「ソフィー先生？　誰だ、そりゃ？」

「もう、いい加減にしな――」

私が声のトーンを一気に上げたとき、開け放したままの食堂の扉から、鮮やかな赤いシルエットが颯爽と現れた。全身を覆うチャイナドレスに、見たこともないくらい高いヒール。しかも、それを着ているのが当のソフィーだったものだから、私はポカンと口を開け、優雅な足取りとともに長テーブルに近づく、別人の如き彼女を出迎えた。

「ソフィー……、先生？」

ほんの一瞬、私と目を合わせるも、表情をまったく変えることなくソフィーは着席した。

「おやおや、海外からのお客さまもいるのですか」

ソフィーとは長いテーブルの端と端という位置関係になった、毛が生えてしまったトクさんが驚いた様子で声を上げる。

「それだけ、重要な会ってことさ。何せ、『天下』がかかっているからな」

と「うつけ者」大将が豊かなあご髭を指先でつまみながらうなずいた。

「それにしても、遅いわね」

時計を気にする和服姿の丹羽さんの言葉を引き取るように、

「あの時間に誰よりも厳しいボスが、二分も遅刻している。本当にこの時間で合っているのか？　お前がボスから集合時間を聞いて、俺たちを呼んだんだろ？」

大きな目をぎょろりと剝き、大将がトーキチローを睨みつけたが、トーキチローはうつむき黙りこんだままだ。

いったい、この場は何なのか。これ以上、トーキチローの茶番につき合ういわれなんてどこにもない。決めた。さっさとソフィーを連れて宿を出よう。京都にたくさんある素敵な喫茶店でモーニングをいただこう——。

隣のイスに置いたカバンに手を伸ばしたときだった。

「お待たせいたしました」

食堂じゅうに響く声に顔を向けると、入口の扉の前に黒いスーツを着た男性が立っていた。

「みなさま、おはようございます」

口を閉じた拍子に、頰のあたりに影が縦の線となって入る、渋みのある顔つきに、またもや既視感が呼び起こされる。

ゆらゆら揺れる行灯の明かりに浮かぶ「占」の一字が脳裏を過ぎった。

「易者……さん？」

*

「誰だ、お前」

　いかにもぞんざいに放たれた声は、「うつけ者」大将からだった。

「紹介が遅れました。わたくし、当施設の支配人でございます」

「ボスはどうしたのかしら？　ボスが時間を守らないなんて、これまで一度だってなかった」

　香道体験の際に聞いた穏やかな口調とは打って変わって、丹羽さんの鋭角な声が食堂に響く。

「ねえ、羽柴――、アンタ、何か知ってんじゃないの？　いつだって、ボスにおべんちゃらばかり並べて、ピーチクパーチクうるさいアンタが、さっきから何もしゃべらない。わかりやすいのよ。何隠してんのよ？」

　こちらがドキリとするほど険を含んだ丹羽さんの言葉に対し、トーキチローは視線を落としたまま何も答えようとしない。

「蘭奢堂」の体験プランを予約したのは私だ。そのことをトーキチローは当日まで知らなかった。つまり、私同様にトーキチローもまた、昨日、丹羽女史と初対面を果たしたばかりだ。ならばどうやって、彼は丹羽さんを仲間に引きこんだのだろう――？　疑問が一気に増殖する私の意識を、支配人を名乗る易者さんのよく通る声が引き戻した。

「みなさまに、きわめて重要なお話がございます。現在この食堂におられる方々が、本日、当施設に滞在中のすべてのお客様になります」

「『すべての』はおかしいだろ。もうひとり、ボスがいるじゃないか」

即座に返ってきた大将の指摘に対し、支配人を名乗る男はポケットから取り出したハンカチを額に当てたのち、

「織田様が――、お亡くなりになりました」

と絞り出すように言葉を放った。

「何ですって！」

「亡くなっただとッ？」

「い、いつ、ですか。ど、どうして！」

トーキチローとソフィーをのぞく三人から、いっせいに悲鳴に近い声が上がる。いや、この場にはもうひとりいた。イスから尻を上げ、テーブルにほとんど身体を乗り出さんばかりの大将の向こうで、銀髪の男性は腕組みをしたまま、支配人のことを無言で睨みつけていた。

「フロイス様、お願いします」

なぜか支配人はソフィーに向かって頭を下げた。

ソフィーに何をお願いするの？　と疑問を抱く間もなく、

「死因は失血死。死亡推定時刻は午前六時」

とても事務的な声がソフィーの口から放たれた。

食堂内の空気が一瞬にして変化するのを感じた。この場にいる人間が息を呑む、その音までもが聞こえた気がした。

「アンタ、誰だ。どうして、医者でもないのに、そんな自信満々に言えるッ」

まるで反射的に声を上げることが、自らに課された役割であるかのように大将が吼(ほ)える。

「私は医者よ。専門は外科。そして、あなたたちと同じ目的でここに来た」

長い足を組んだまま、鮮やかな刺繡が躍る赤のチャイナドレスの胸に手を当て、ソフィーはテーブルを囲む他の面々を見回した。

何を言っているの、ソフィー？

混乱のあまり、しばし息継ぎを忘れていると、

「その女は本当に医者なのか？」

とそれまで沈黙を守っていた銀髪の男性がはじめて口を開いた。

「間違いございません。織田様から事前にいただいた今日の参加者リストにも、そのとおりの記載がございます。フロイス様はフランスから来日された、高名な外科のお医者様でございます」

と支配人が直立不動の姿勢で答えた。

「はあ？」と思わず声を漏らし、ソフィーの顔を確かめたが、まったく表情を変えることなく、今のトンデモ紹介を聞き流している。それどころか、

「至近距離から、銃で心臓を一発。即死。強い殺意。冷静な技術。プロの犯行ってところね」

と専門外にも程がある内容をしゃべりはじめた。

「銃って……、ボスは撃ち殺されたって言うのかよッ？」

「まさか、そんなこと……。ねえ、外国のお嬢さん、先ほどから冗談をおっしゃってますよね」

傍目にも、おかしなくらいに動揺している大将とトクさんの声が重なり合うも、

「もしも、私の言うことが信じられないのならば、どうぞ警察に連絡を。すぐに大勢が詰めかけて、丁寧に調べてくれる」

とソフィーはどこまでも冷え冷えとした調子で返した。

「じゃあ、まだ警察には伝えていないということ？」

こちらも演技とは思えない、蒼褪（あおざ）めた顔色をキープしながら、丹羽さんが神経質な声を発した。

「もちろん、連絡はしていません」

ロボットのようなぎこちない動きで首を横に振る支配人に、

「わかってるじゃないの。勝手なことしたら、そのときはアンタの命がないものね」

と丹羽さんは穴を穿つような鋭い視線を送ったのち、

「ねえ、羽柴」

と呼びかけた。

「アンタ、さっきから黙ってるけど、何か説明することないの？　私たち、アンタに呼ばれてここにいるんだけどさ」

悄然とした様子でうなだれていたトーキチローが、真っ赤に充血した目を丹羽さんに向けた。それにしても、先ほどから、なぜ彼の名前は「羽柴」なのだろう。

「寝ていたら、いきなり大きな音がして、たぶん、あれが銃声だったんだ。でも、俺は目が覚めても、寝ぼけたままで……。次に女の悲鳴が聞こえた。だから、慌てて廊下に出た。ボスの部屋のドアが開いているのが見えた。嫌な予感がしたんだ。走って部屋に入ったら、その女が倒れていた」

テーブルの向こう側から、トーキチローは私の顔を真っすぐ指差した。

「部屋の奥にはボスが、ボスが……。俺はすぐにフロントに電話した。そこの支配人が部屋に来て、医者を呼ぶと言って現れたのが、そっちの先生だよ。先生の指示で、コイツをサロンまで運んだ。アンタ、見かけより、ずいぶん重かったぞ。そこの兄ちゃんと二人で、苦労して運んだんだ」

トーキチローの視線に釣られて振り返ると、壁際に三木が立っていた。目が合う前にスッと顔を伏せられ、一気に顔に血が上る。

「死体は……、アンタが最初に見つけたのか」

イケメンの前で恥をかかされ、完全に頭にきている私をさらに挑発するかのような、どうでもいい質問に、キッと声のぬしに視線を向けると、大将の奥に座る、銀髪の男性の落ち着き払った表情にぶつかった。

「ええ、私よ！　何かを見て、失神したのなんて、生まれてはじめて。絶対に寿命が何日か減った。どうしてくれんのよッ」

「大丈夫なのか、アンタ。まだショック状態じゃねえのか？」

大将のやけに情感のこもった口ぶりも、しょせん演技なのだと思うとなおさら腹立たしく、

「うるさいッ。あなたはこんなところで油売ってないで、店に戻って、さっさと今日の仕込みでも始めなさいよ！」

と唾を飛ばして突っ返した。

「な、何だと、テメエ！」

いったん火がついてしまった感情はもはや自分でも制御不能で、

「あなたも、そんなバレバレのカツラかぶって何してるの？　檀家さんのストレスがそんなにキツいなら、もっとお経読んで修行しなさいよ。煩悩に対する姿勢がなってない！」

テーブルの端に座るトクさんを指差したのち、

「そこのお姉さんもどういうつもり？　昨日はあんなに感じのいい接客をしてくれたのに、何で朝からそんな極妻（ごくつま）みたいな格好でツンツンしてるのッ」

と丹羽さんに人差し指を向けた。

「だ、誰がカツラですか！　地毛です、地毛！」

「極妻ぁ？」

殺伐とした雰囲気が一気に高まったところへ、

「どうか、みなさん、落ち着きましょう」

と支配人が両手を大きく上下させるジェスチャーとともに、なだめに入った。

「あなたもよッ。昨日は、あんな辛気臭い易者の格好をして、暗いところで待ち伏せして――。それでもそれなりの貫禄があったのに、さっきからイモ臭い演技ばかり、何のつもり？」

「お客様とは、本日はじめてお会いしますが……」

「トーキチロー先生、そろそろ説明しなさい。そんな器用に目を真っ赤にして、花粉症か何か？　たかが聞香勝負に敗れたからって、こんな仕返しするなんて最低。本気で軽蔑するから」

「だから、俺の名前は羽柴だって、なんべん――」

「それじゃ、抜き打ちテスト。墾田永年」

「私財法」

「三世」

「一身の法」

「大和四座と言えば？」

「観世・宝生・金剛・金春」

「五奉行とは誰のこと？」

「前田玄以、浅野長政、石田三成、増田長盛、長束正家」

「護憲三派を結成が古い順に」

「ええと……、立憲政友会、憲政会、革新倶楽部か？」

「全問正解。どう見たって、あなた、京都女学館社会科教師の岡島藤吉郎よね」

「俺はむかしから歴史が好きなんだよ。そんなことより、ボスが死んだんだぞッ。俺は見てしまったんだ。俺をここまで育ててくれたボスが、ボスが……」

突然、両手で顔を覆い、泣き声を漏らし始めたトーキチローに対する私の眼差しは、もちろんとことん冷たい。

「ああ、もうつき合いきれない。行こう、ソフィー先生。朝からそんな格好させて、本当にごめんなさい」

隣のイスに置いたカバンを手に取り、立ち上がる。同じタイミングで、ソフィーも組んでいた足をほどき、イスから腰を上げた。

やっと、まともな反応を見せてくれたことに笑みを返しつつ、扉まで小走りで進み、彼女を手招きした。

「こんなところ、さっさと出ましょう。ソフィー先生、荷物は？」

「私はソフィーという名前じゃない。フロイス」

「え？」

「席に戻ってくれる？」

ゆったりとした足取りでソフィーが近づいてくる。昨日のサムライ・スタイルではなく、ウェーブのかかった髪を肩まで下ろしているため、真紅のチャイナドレスと相まって、まったく別人の雰囲気を醸し出している。

チャイナドレスの側面に入った深いスリットに長い手を伸ばし、太ももに巻きつけられていたベルトから何かを抜き取ると、ソフィーは私の額にぴたりと突きつけた。

それは手の内側にすっぽりと収まるくらいの、小型の銃だった。

「あの死体は本物。だから、あなたが勝手に外に出ることは許されない」

「冗談……でしょ？」

「これは冗談じゃない」

私よりもずっと高い場所から見下ろすソフィーの表情は石のように冷たく、その眼差しには温かみというものが感じられなかった。

「そう……、なんだ。そう、くるんだ」

激しい動揺が、そのまま声の震えに出てしまう。

「ソフィー先生まで、私のことをそんなふうにからかうんだ。わかった。じゃあ、警察に電話する。あれは本物の死体なのよね？　心臓を一発、プロの犯行なんでしょ？　なら、警察呼ばないと。だって、立派な殺人事件なんだから」

ジャケットのポケットに入れていたスマホを抜き取り、

「『ウソでした』って言うなら今のうちだから。本当に電話するから！」

ほとんど叫ぶような勢いで掲げたとき、突然、パンッという破裂音が真正面から響き、右手が弾かれる衝撃が訪れた。

ポカンと口を開け、ソフィーが握る銃を見つめた。

ソフィーは身体を屈めると、床に落ちたものを拾い上げ、私に差し出した。

「いつまで寝ぼけた演技を続けるつもり？　これは現実なの。あの部屋の死体が本物かどうか、信じられないのなら、自分の目でもう一度、確かめたら？」

受け取ったスマホの画面は無惨にひび割れ、銃弾だろうか、ひしゃげた金属製の粒がめりこんでいた。

今にも、その場にへたりこみそうな私のことなどお構いなしに、

「おう、俺にも確かめさせろ！」

「私も行く。この目で見ないと信じられないから」

「きっと冗談ですよ。だって、あのボスが撃たれるなんて、そんなことあり得ない」

と長テーブルからいっせいに声が上がる。

スリットの内側に銃を収めると、ソフィーはこれまで見たことがない妖艶な笑みとともに扉を手で示した。

「行きましょうか、お嬢さん」

その六　現場、ふたたび

現場に向かうために乗ったエレベーターの内部は、やけに広かった。

支配人に三木、トーキチロー、「うつけ者」大将、トクさん、丹羽さん、銀髪の男性、ソフィー、そして私――、計九人が入っても、全員が壁に背を預け、ゆったりと中央を向いて立つことができる。

さらにもうひとり、扉の脇にエレベーターボーイが立っていた。いや、ボーイではない

かもしれない。ホテルの従業員のような制服を纏った、非常に背の高い黒人男性が無言でエレベーターを操作していた。ヒールを履いているため、百九十センチ近い高さになっているソフィーにも匹敵する、立派な体格の持ち主だった。

エレベーターは六階に到着し、操作パネルの前の男性を除く九人がぞろぞろと吐き出される。

廊下を進んだ先――、「天下」の部屋のドアは開け放たれたままだった。

「死体は動かしていない。発見されたときの状態のまま」

ソフィーの声に、誰もが競うように部屋に踏み入ったが、もう一度、確認する気になんてなれなかった。

廊下でひとり立っていると、放心した様子で全身ピンク色に染まったトーキチローがふらふらとした足取りで部屋から出てきた。

「本当に……、死んでるじゃ、ねえか」

続いて、大将が目を潤ませながら現れる。

「ど、どうしてこんなことに……」

さらには、言葉を震わせるトクさん。口元を手で押さえ、声が出ない様子の丹羽さん。

「あなたは確かめなくてもいいの？　死体が本当に人間だということ、ちゃんと見ておくべきだと思うけれど」

ドア枠に身体を預け、ソフィーが声をかけてくる。ゴージャスなスイートルームの調度品をバックにして、彼女の赤いチャイナドレスは奇妙なくらいに違和感がなかった。

結構です、と首を横に振り、

「だって、こんなのウソ。全部、茶番だから——」

とかすれた声でつぶやいた途端、

「茶番だと！」

と大将がスーツの内側から真っ黒な拳銃を取り出した。

ヒッと思わず声が漏れる私の前に素早く三木が立ち塞がり、「柴田様」と銃の上から手を添える。柴田様？　大将の名前ってこと？　そういえば、昨夜の居酒屋でトクさんが大将を「柴田さん」と呼んでいたような——。

「茶番じゃねえッ。心臓のここに穴が空いてあんなに血があふれ出てて、それが演技だって言うのか？　どう考えてもあやしいのはこの女だろ。ボスが死んで、その死体を見ても、悲しもうともしない奴がどうしてここにいるんだ？」

「どうしてって……。私はただ、そこのトーキチロー先生とソフィー先生と京都の観光地巡りをして、予約をお願いしたところに泊まりにきただけ——」

「いい加減にしてくれッ」

ドンッと激しく壁を叩く音が廊下に響いた。

「俺はアンタなんか知らない。なんべん言ったらわかるんだよッ」

壁に拳を当て、トーキチローは憎々しげに私を睨みつけた。

「俺だけ……、だったんだ。この階に泊まってるのは俺だけで、他の連中の部屋は全員下の階だった。だから、俺が気づかなくちゃいけなかったんだ。俺がボスを守らなくちゃいけなかったのに、銃声を聞いても、すぐに起きることができなかった。よりによって、最初に見つけたのはアンタで――」

そこでハッとした表情とともに、壁から離れ、

「アンタが、やったのか？」

とトーキチローが私を指差した。

「はい？」

「ボスの部屋に入りこんで、銃を撃って、銃をどこかに始末した。それから悲鳴を上げて、俺を呼んだ」

「ち、違います。私、人を殺すなんてしません！」

死体の真偽は脇に置いて、人間として当たり前の信条を主張したにもかかわらず、大将が血走った目で「この野郎！」とふたたび銃を向けてくる。

「どこに、隠したんだよッ」

「隠した？　何をですか。だいたい、私は野郎じゃないです！」

目の前で防波堤になってくれている三木の背中に隠れながら、私も負けじと大将に言い返す。

「とぼけるんじゃない。『天下』に決まってるだろ！」

「天下？　部屋のことですか」

掲げられた表札に記された「天下」の二字を指差した私に、

「まったく、どうしようもないわね。ウソが下手で」

ソフィーがいかにも人を小馬鹿にしたような声を上げた。

「わ、私、ウソなんかついてません！」

「あなたじゃなくて、他の人たちのこと」

「え？」

「あなたたちのお目当てのモノは、最初からこの部屋には無いから」

廊下に立つ全員が、弾かれたようにソフィーに顔を向けた。

「どういうこと？」

着物の裾を押さえながら、丹羽さんがソフィーに駆け寄る。

「あら？　もう、悲しむお芝居は終わり？」

「何ですって？」

「あなたたち、本当に悲しんでる？　本当はどこか、ホッとしているんじゃない？　あなたたちのボス、ずいぶん、部下に厳しい人だったらしいじゃない。気に入らないと、すぐに殴るって有名。古株のあなたなんか、ひどい目に遭っていたとか？　ねえ、明智（あけち）サン」

いつの間に部屋から出ていたのか、廊下の壁に蒼白い表情で痩せた身体を預けていた銀髪の男性に、ソフィーが声をかける。

この人、明智っていうんだ——。

この場に居並ぶメンバーのなかで、昨夜までに会った覚えがなかったのは、三木とこの男性の二人。上品なダークグレーのスーツを着こなしているが、三木とは違って、どこか得体の知れない、陰気な雰囲気を放っている。

「それは俺が仕事でヘマをしたときの話だ。アンタとは何の関係もない」

と「明智」と呼ばれた男性は感情のうかがえない平坦な声で、表情ひとつ変えずに返した。

「柴田サン、あなたは、威勢がいいばかりで頭が使えないから、肝心なところでは役に立たないと、ボスから見切られていたって噂だけど、そんなすぐに興奮するようじゃ、そりゃそうよね」

静の「明智」とは対照的に、のどの奥でごろごろと言葉にならぬ声を発し、早くもソフィーに突進せんと動き始めた「うつけ者」大将を、「柴田様」と三木が背中から抱きつくようにして抑える。

「徳川（とくがわ）サン、あなたはご自分の組織をまんまとボスに乗っ取られて、いいようにこき使われているのに、いつもヘラヘラと従っていたそうね。でも、その本心はどこにあったのやら？」

「わ、私はそんなことは決して」

徳川さん？　トクさんの本名ってこと？

「もう、飽きられてたって話じゃない――、丹羽サン」

自分より三十センチ以上背が低い、丹羽さんの着物の襟元に指を突きつけ、ソフィーはゾッとするような冷たい眼差しを向けた。

「アンタ、調子に乗るのもいい加減に！」

丹羽さんが振り上げた手は、トーキチローによって寸前のところで阻止された。

「フロイス先生よ」

丹羽さんの細い手首を握ったまま、トーキチローが呼びかける。

「そういうアンタだって、これまでボスから一任されていた、海外の利権を全部失いそうだって聞いたぞ。表じゃ慈善事業に励むNGOだかの看板掲げていて、その裏で相当汚いことしているんだろ？」

「何のことかしら、羽柴サン。ごめんね、日本語あまりわからないの」

「ば、馬鹿にしやがって！」

つかんでいた丹羽さんの手を振り払い、自ら一歩踏み出したトーキチローを、

「落ち着きましょう。羽柴様、フロイス様」

と今度は彼らの間に、三木が身体を滑りこませた。

「そろそろ、『天下』がどこにあるか教えてあげたら？　この人たち、部屋でも、死体よりも、そっちのほうを探していたわよ。徳川サンなんか、引き出しまで開けて」

「な、何のことですか！」

徳川サンことトクさんが真っ赤な顔をソフィーに向け、口角泡を飛ばすところへ、ようやく支配人が部屋から出てきた。

間髪をいれず、丹羽さんのヒステリックな声が廊下に響き渡る。

「ねえ、アンタも聞いたでしょ。この女の言ってることは、本当？」

「フロイス様には、ご遺体をお調べいただいたときにお伝えしたのですが、こちらの部屋に『天下』はございません。事前に織田様からお預かりして、大切に保管してございます」

「織田様？」と思わず反応した私に、支配人が顔を向け、

「こちらのスイートルームでは、織田様がご宿泊中でございました。中で倒れていらっしゃるのが、その……」

と食堂でよりもいっそうの緊張の色がうかがえる表情で、視線をウロウロとさせた。

「死体ね、それがこの人たちのボス」

ソフィーがどこまでも事務的な調子で後を引き継ぐ。

「フロイス様のおっしゃるとおり、滝川様が発見された御方が織田様でございます。まさか、こんなことが起きるとは、想像すらしておらず……」

なぜだろう、不意に「滝川様」という部分に引っかかりを感じた。

滝川様。

言うまでもなく、私の名前だ。

二十七年間、寄り添ってきたこの名前に、今さら何を？　と眉間にしわを寄せたとき、ふと、「天下」という部屋の名前プレートとは別に、扉の横に小さく掲げられた、

「６０２」

という部屋番号らしきプレートに気がついた。

そう言えば、夢の中で聞いた銃声とともに目が覚めたとき、枕元の目覚まし時計は六時二分を示していた。

さらに、今日の日付は六月二日。何なのか、このこれ見よがしな「６０２」づくしは。

「あ――」

その瞬間、私は何かを把握した。

だが、何を把握したのか、頭が理解する前に、廊下に立っている面々の名前を端から心で読み上げていた。

自分は「羽柴」だと言って聞かないトーキチロー。

「蘭奢堂」の店員だった「丹羽」さん。

居酒屋「うつけ者」大将は「柴田」さん。

髪の毛が豊かになったトクさんは、「徳川」さん。

銀髪を後ろで結ぶ、渋みのある男性は「明智」さんで、ソフィーは自分を「フロイス」と呼び、そして、スイートルームで倒れていた人物の名前は「織田」。

「みんな『関係者』だ……」

六月二日の早朝に「織田」が殺され、この場にいるのは「羽柴」「丹羽」「柴田」「徳川」「明智」「フロイス」――。

「ここで『本能寺の変』が再現されている、ってこと……？」

それぞれの名前は、織田信長をはじめとした「本能寺の変」関係者ばかり。すなわち、羽柴秀吉、丹羽長秀、柴田勝家、徳川家康、明智光秀、ポルトガル人宣教師ルイス・フロイス――、私もまた滝川一益(かずます)という織田家重臣の苗字と一致している。

「それなら、ボスが残した『天下』は？　『天下』はどこにあるのよッ」

苛立ちを隠そうともしない丹羽さんの問いかけに、支配人がふたたびハンカチを取り出し、額に当てながら答える。

「みなさまの、頭上でございます」

その言葉に廊下にいた全員が、いっせいに天井を見上げた。

*

　支配人の提案に従って、誰もが無言でひとつ上の階に向かった。やはり、エレベーターには制服を着た黒人男性が待機していて、一行を七階へと運んだ。

　エレベーターを出て、まっすぐ廊下を進んだ突き当りに窓があった。

「こちらが金庫室でございます」

　支配人は窓の手前に置かれた花瓶と並ぶように足を止めると、右手に控える大きな扉を手で示した。食堂の入口も立派な両開きの扉だったが、さらに輪をかけて重厚なつくりの扉が待ち受けていた。

「金庫室なんてあったのかよ、知らなかった」

　トーキチローのつぶやきに、

「過去、国内の最重要取引はすべてこの場所で行われてきましたから、このような設備もあるのでしょう」

　誰に遠慮してか、トクさんが声を潜めて返した。

「その代わり、口止め料こみで相当なコミッションを取るのよね、ここ」

　着物姿ながら腕を組んだ姿勢で隣に立っていた丹羽さんがフンと鼻を鳴らし、口元を歪(ゆが)

めているので、

「あの……、取引って、何のですか？」

と声を低くしてそっと訊ねたつもりが、耳ざとくそれをキャッチした「うつけ者」大将が私のことを指差し、ことさらに声を張り上げた。

「聞いただろ？　取引のことも知らない奴がここにいる。コイツがボスを殺したに決まってる。コイツが犯人だ！」

「お待ちください、柴田様。滝川様はれっきとした本日の御招待客でございます」

支配人は上着の胸ポケットから一枚の紙を取り出すと、大将に差し出した。素早く目を通し、大将はじろりと私を睨みつけ、そのまま無言で隣の丹羽さんに渡した。さらにトクさん、トーキチロー、明智さん、ソフィーの手を渡り、ぐるりと一周して返ってきた紙を、支配人は私の前に広げて見せた。

「六月二日　大和会」

大きく記されたその下に「参加者」とあり、「明智」「柴田」「滝川」「丹羽」「徳川」「羽柴」「フロイス」――、この場にいるメンバーであると同時に、織田信長がらみで有名な名前ばかりがずらりと並んでいた。

「織田様から事前に送っていただいた本日の招待者リストには、ここにいらっしゃる七名のお名前が記載されています。ご覧のとおり、滝川様も」

確かに、私は大和会に参加するために、この京都にやって来た。

だが、あくまで大阪女学館社会科の代表としてであって、「織田様」から招待を受けた覚えなんてないし、そもそも「大和会」はただの研究発表会である。

「ねえアンタ、普段は何、やってるの」

隣から丹羽さんが訊ねてくるので、

「高校の日本史の教師です」

と正直に答えた。聞香体験で一度披露した話であるはずなのに、相手は完全に初耳の表情で、「アンタ、先生やってんの？」と呆れた表情で私を見返してきた。

「生徒に偉そうに説教垂れてる裏で、こんな法に触れまくりの場所に来るなんて――、ハッ、世も末ね」

「法に触れる？　違法建築なんですか、この建物？」

滝川様、と支配人が私の名を呼んだ。

「こちらは美術品の取引を行う、選ばれたお客様のみが使用される、特殊な施設でございます。そのため、このような金庫室のほか、宿泊用の部屋、サロン、専門の鑑定室、運搬用の大型エレベーターなどが用意されています」

「美術品の取引……？」

急に登場した新たなキーワードに、頭の中で「？」がいっせいに点灯するのを感じてい

ると、

「もちろん、アンダーグラウンドの取引。海外でも、ここはとても有名。京都には日本で最大の美術品を扱う闇マーケットがある――」

とソフィーが腕を組みながら、ニヤリと笑った。

「まさか、ここが……？」

「どうして死体があるのに、誰も警察を呼ばないか？　答えは、私たち全員、美術品マフィアだから」

おい、アンタ、とトーキチローがぞんざいに私の顔を指差してきた。

「さっきから何が目的で、そんなふうに、なんにも知りませーん、て顔でそこに立っているんだ？　なんてことは、もう、どうでもいいよ。アンタ、見たのか？」

「え？」

「銃声で目が覚めて、ボスの部屋に向かったんだろ？　そのとき、何か見なかったのか？」

「私は廊下の絨毯に、あの部屋の鍵が落ちているのを見つけて――、そうだ、聞いたんだ」

「聞いた？　何を」

「足音――、絨毯を走っていく足音を」

「誰だ！　誰だよ、それは」

「姿は見ていない。一瞬だったから」

「男か？　女か？」

「わからないって、そんなの」

「クソッ」

苛立ちをそのまま拳にのせ、トーキチローが壁を殴りつける。

「このような事態になった以上、本日の会に参加される予定のみなさま全員で、この金庫の中を確認するべきかと存じます。異議のある方、いらっしゃいますか」

固い表情で告げる支配人の言葉を引き取るように、

「いいの？　聞いておくなら今よ」

と丹羽さんが全員の顔を見回し、低い声で告げた。

「そうだな――」

どこか互いに牽制し合うような短い静寂を破ったのは、明智さんだった。

「今さら、言うまでもないが、ボスは今日の会合で『天下』を譲るつもりだった。呼ばれたのは、俺たち、ボスとともに組織を支えてきた五人と、そちらのドクターと学校の先生――、合わせて七人だ」

「あの……、さっきからときどき出てくる、『天下』って何のことですか？」

怒鳴り返されること覚悟で放った質問に、

「もしも、世に知られたなら間違いなく国宝に指定されると言われる美術品――、それが『天下』です。ボスの所有するブツの中で最高の一品で門外不出。それが絵なのか、器なのか、それとも仏像なのか、いっさいが明かされていません。私たちも、まだ誰も実物を見たことがない」

と前髪を几帳面に横方向に撫でつけながら、トクさんが親切に説明してくれた。だが、その発言が終わるのを待たず、

「オイッ、この女は『天下』も知らねえんだぜ。さっさと、ここからつまみ出せ！」

と案の定、大将がわめき立てる。

柴田、と明智さんが渋い声で名を呼んだ。

「お前も見ただろう。ボスの招待者リストに名前があった。この女が持ってきたブツに意味があるのかもしれない。オイ、各自の持参品のリストもあるのか？」

ございます、と支配人がうなずく。

「ボスは言っていた。俺たちが持っているいちばんのブツと『天下』を取り替える。誰と取り替えるかは、六月二日の大和会で決める、とな」

「つまり、国内のシマを譲る、ボスの後継者を決めるって話ね」

口元に薄い笑みを浮かべ、悠然と腕を組むソフィーに、「そういうことだ」と明智さんは鋭い一瞥（いちべつ）を返した。

「これから、ボスに事前に伝えていたブツの名を、ひとりずつ言っていく。もしも、リストにある品と違っていたら、ボスはそれと『天下』を交換することはなかったはずだ。つまり、その人間は金庫室に入る資格はない」

無言の同意ということなのか、誰もが静かに明智さんの言葉を聞いている。ただし、私の無言は当然、意味合いが異なる。

何の話が進行しているのか、まったく把握できないうちに、「俺から言おう」とトーキチローが最初に手を挙げた。

「黒織部の茶碗だ。古田織部作」

続いてトクさんが、

「羽柴さんは、そんな立派なものを持つまで、偉くなられていたんですね。私は太刀です。堀川国広の手によるもの」

と滑らかに由緒を語り、

「俺は茶釜だ。芦屋釜、小堀遠州の銘文がある」

と大将が胸を張った。

「あらあら、みなさん。素晴らしい品ばかりご持参で。私は香炉。本阿弥光悦作」

香木店つながり？　の品を丹羽さんが紹介し、

「ｇｌｏｂｅ――地球儀ね。ローマ教皇が天正遣欧使節に授けたもの」

海外つながり？　の品をソフィーが披露した。

「洛中洛外図屛風、狩野永徳（かのうえいとく）の筆だ。ここまで、どうだ？」

最後に、これもまた本物ならばとんでもない美術的価値を持つであろう品を、明智さんが挙げ、

「みなさま、すべて、リストに書かれたとおりでございます」

と支配人は新しい紙を手にうなずいた。

「残るは、アンタだ」

「へ？」

明智さんはスーツの内側から銃を取り出すと、銃口をぴたりと私の額に向けた。

「もしも、アンタがリストのブツを言えないのなら、それはこの場にいるべきではない人間ということだ。たとえば、『天下』を手に入れるため、本物とすり替わってこのホテルに入りこんだヒットマン――。そいつが馬脚を現した。つまり、お前がボスを殺した」

「ち、ちょっと待ってください！　そんなのあり得ないです、私はただの高校の教師で日本史を教え――」

明智さんは親指を立て、撃鉄を起こした。

「違います。私は犯人じゃありません！」

すべてが茶番だとうそぶいていたときの余裕は完全に吹っ飛び、本気で拳を握りしめ訴

えるが、相手はぴくりとも表情を変えない。

「明智様、お待ちください」

手を広げて間に入ろうとした三木の頭に別の銃が突きつけられる。

「これは俺たちの問題だ。関係ない奴は、引っこんでろ」

押し殺した声で、「うつけ者」大将が告げた。

「三つ、数える。ブツの名前を言うんだ。言わなければ、アンタを撃つ」

三。問答無用とばかりに明智さんのカウントが始まった。

「こ、こんなの、おかしいです！　だって、私は何も知らないし――」

「二」

「だいたい、安月給の私が今、聞かされたみたいな平気で重要文化財に、いや、下手したら国宝に指定されてもおかしくない――、しかも、どれも安土桃山時代に由来するものなんて持ってるわけないでしょッ」

「一」

「だから、私は持っていないし、何もかも関係ないんですッ」

「時間切れだ」

咄嗟(とっさ)に「安土桃山時代に由来」という部分に無意識下で何かが反応したのか、単に思いついたものを口にしただけなのか、自分でもよくわからないまま、

「ぶりぶりぎっちょう！」

と叫んだ。

目の前で、銃が火を噴いた。

呆然として背後を振り返った。

私の立ち位置からほんの数センチ逸れた壁に、銃弾が撃ちこまれていた。

「確かに――、ここに『ぶりぶりぎっちょう』と書かれています」

場の緊迫感そのままに、支配人が持つ紙は細かく震えている。

「悪かったな」

謝っているとは到底思えない、氷のように冷たい眼差しのまま、明智さんは銃を収めた。

「俺たちを、中に案内しろ」

思わず、その場にへたりこんだ。

*

支配人が鍵の束から一本を選り出し、扉の鍵穴に差しこんだ。

大きな扉を左右に開けた先には空間が待ち受けていると思いきや、いきなり壁が登場した。

つまり、二重扉だったようで、クラシックな見た目の外扉から一変、銀色に輝く、メタリックな内扉が新たに姿を現した。

「どうぞ、金庫室へお入りください」

今度はカードキーを読み取り装置にかざし、音もなくスライドした扉の先へ、一同は足を踏み入れた。

金庫室は窓のない、だだっ広い空間だった。内部に金庫があるわけではなく、これは部屋全体が金庫ということなのか、天井も壁も、頑丈そうなメタリックな質感で覆われている。部屋の中央にぽつんと一本足の台が設置され、その前まで支配人は足を進めた。

自然とその台をぐるりと囲むかたちで一同が立ち位置を定めたところで、

「こちらに、織田様からお預けいただいた、『天下』が収められております」

と支配人はいっそうの硬い表情でもって台の中央を手で示した。

そこには見事な螺鈿（らでん）の装飾が施された、黒い漆塗りの文箱が置かれていた。しかも、装飾の模様は、「織田木瓜（もっこう）」と呼ばれる、織田家の家紋のデザインそのものだった。

「あれ？」

つい最近、これと似たものを見なかったっけ？

表面に「占」と赤字で記された四角い行灯、その横で筆を走らせる易者――。そう、あまりに雰囲気が異なるためにほとんど忘れかけていたが、この支配人は昨夜の易者でもあるのだ。でも、何でそんなことをここで急に思い出したのか。

「あ――」

ジャケットのポケットに、反射的に手を突っこんだ。くしゃくしゃに押しこまれた紙の感触にぶつかるなり、それを引っ張り出し、両手で広げる。

暗かったこともあって、渡されたときは墨の落書きにしか思えなかったが、そこには荒いタッチでもって、歪み気味の「織田木瓜」が描かれていた。

「持っていけ。これがアンタを入口に誘う」

昨夜の易者さんの声が耳の底からプカリと浮かび上がった。

そうだ、あのとき易者さんは本能寺の変がどうのと私に話しかけなかったか？　酔っ払って上機嫌な私に向かって、「実際に本能寺の変の真相に触れることができるかもしれない」とか、何とか――。

しわだらけの半紙を見つめながら、今朝からの出来事を反芻する。

六月二日の早朝に「織田」が殺された。

彼の跡を継ぐあかしとしての「天下」を手に入れんと、この場に「明智」「柴田」「滝川」「丹羽」「徳川」「羽柴」「フロイス」が勢ぞろいしている。

まさか、これって――。

午前六時二分に目が覚めたときから始まった、この理解不能な事態が何を意味しているのか。頭の中を塞いでいた霧が急速に晴れてくる。

「時間を遡ることはできなくても、この世に再現することはできる」

ふたたび、易者さんの言葉が蘇る。

もしもだ。もしも、この状況が本能寺の変を「再現」しているものだとしよう。ならば、そのときは「織田」を殺したのって――。

誰もが知っている「犯人」と同じ名前の持ち主がこの場にいる。その顔を確かめようと半紙から面を上げたとき、

「ああん？」

とトーキチローの素っ頓狂な声が響いた。

支配人が漆塗りの箱の蓋を持ち上げ、一同が箱の中身をのぞきこんでいる。

「何だよ、空っぽじゃねえか」

全員の思いを代弁するかのように、「うつけ者」大将がのどの奥でうなりに似た音を鳴らした。

「いや、何か紙が置いてあります」

「徳川」ことトクさんが、箱の底に台紙のように敷かれていた一枚に手を伸ばし、ひっくり返した。

「何かのマークかな？　花ですか、これは？」

誰も答えを口にする者がいない。

だが、当然ながら、私は五枚の花弁でデザインされた、そのマークの意味を知っていた。

「桔梗の……家紋」

思わず口にしたつぶやきに、

「キキョウ?」

とソフィーが問い返す。

「明智光秀の家紋です」

何それ、どういうこと? と丹羽さんも加わってくる。だが、それについて説明するよりも先に「本人」に確認すべきだろうと、台を囲むメンバーを見回したとき、改めて気がついた。

明智さんが、いない。

同じく彼の不在を察した大将が、

「おい、明智のおっさんは?」

とどんぐり眼をきょろきょろとさせる。

「誰か、あの扉を開けたか?」

トーキチローが指差すと同時に、全員がいっせいに振り返った。

金庫室入口の扉が開け放たれ、その向こうに廊下がのぞいている。

「私が最後に入ったあと、ちゃんと閉まっていたはずですが」

トクさんの言葉に呼応するように、「それは私が確認しました」という三木の声が続く。

「クソッ、アイツだ！」

耳がキンとするほどの、トーキチローの叫び声が響いた。

「明智だ。アイツが『天下』を奪って、ボスを！」

まさか、と目を剝くトクさんの前で、トーキチローはすでにピンクスーツの内側から銃を抜いていた。

得体の知れぬ叫び声を上げ、トーキチローが駆け出す。

トクさんもその勢いに釣られて走り出し、「明智のおっさん、逃げやがったッ」とこちらも銃を抜いて、大将がドタドタと扉へと向かう。

「羽柴、徳川、柴田、待ちなさいッ」

丹羽さんも着物の裾を押さえながら男性三人を追い、「行きましょう」とソフィーも動き始めると、支配人は慌てて箱の蓋を戻した。

ひとまず、金庫室から全員が廊下に出た。

金庫室前から伸びる廊下はまっすぐ進むとエレベーターへ、その途中で左に分岐している。分岐点に立つトーキチローと大将のもとに、トクさんが廊下の先から息を切らせて戻ってくるのが見えた。

「エレベーターは使われていません。この階で止まったままです！」

「まだ、この階のどこかにいるってことだ」

トーキチローが銃を構え直す。

でも階段があるだろ、という「うつけ者」大将の指摘に、

「当ホテルに階段はございません。階の移動は、すべてエレベーターを使ってのみ可能でございます」

と三木がすぐさま反応した。

「エレベーターはいくつあるんだ？」

「一基のみでございます」

なにぶん特殊な施設でございますので、という支配人の言葉を聞きながら、廊下の分岐点に到着すると、そこから左へ伸びる廊下の両側に三つずつ部屋の扉が並んでいるのが見えた。

「行くぞ」

トーキチロー、大将、トクさんの三人がいずれも目を血走らせながら、手前から部屋の扉を次々と開けていく。

「見なさいよ。さっきまで仲間のような顔をしていたくせに、敵だとわかった途端にオオカミになる。もっとも、私も『天下』が欲しいから、明智を見つけたときは遠慮なく殺すけど」

彫像のように冷たい微笑を口元に浮かべ、ソフィーはチャイナドレスのスリットから、銃を取り出した。

「どこだ、明智！　出てこい！」

廊下に響き渡る、トーキチローの殺気立った声を聞きながら、すでにこの状況を茶番とは捉えていない自分に気がついた。

それどころか、次の展開を勝手に予想し、滑稽な怖れを抱き始めている。つまり、もしも、この状況が「本能寺の変」をトレースしたものならば、「織田」を殺した犯人は必然「明智」となり、これからその「明智」が——。

廊下の左右に並ぶ六部屋のうち四部屋の確認を終え、五つめの部屋から「明智さんはいません！」とトクさんを先頭に男三人が上気した顔で現れた。

「あの部屋が、最後ということね」

廊下のもっとも奥に位置する部屋を目指し、ソフィーとともに進んでいく。

「ここは何の部屋だ？」

扉の前に立ったトーキチローの問いかけに、

「シガールームでございます」

と三木が答える。

「お待ちください。みなさま！　どうか、落ち着いて——」

三木の隣に立つ支配人が額に玉の汗を浮かべて訴えるも、廊下に充満する異様な殺気と、

「あのおっさん、ぶっ殺してやる。よくも、ボスを！　クソッ、鍵がかかってるぞ。早く、

ここを開けろ！」

と銃を手にすごむ大将の迫力に負け、あっさりとスーツのポケットから鍵の束を取り出した。

「明智さん、開けてください！　きっと事情が、明智さんのような義理堅い人が、こんなことするなんて、それだけの理由があったと思います。だから、ここを開けてください。話を聞かせてくださいッ」

扉に向かって切実な調子で訴えるトクさんの隣で、「無駄よ。壊す」とドアノブに銃口を向けたソフィーの腕を「ダメッ」と思わずつかんだ。

「明智さんッ」

気がついたときには、目いっぱいの声で扉に向かって叫んでいた。

「ドアを開けて。このままだと、次はあなたが死んじゃう！　もう、これ以上、人が死ぬのは駄目――」

私の言葉が終わるよりも早く、

「ダンッ」

という大きな銃声が一発、部屋の中から響き、目の前でトクさんの背中がびくりと震えた。

「明智ッ。おい、明智！」

トーキチローが何度も扉を叩くが、返事はない。

「鍵はまだかよッ」

目をつり上げてわめく大将に急かされ、「お待ちください」と支配人が慌てふためきながら、鍵の束と格闘していたが、

「これが、シガールームの鍵でございます！」

と一本を選り出して掲げた。

大将が手を伸ばすよりも早く、私の背後から突き飛ばさんばかりの勢いで丹羽さんが身体をねじこみ、「渡してッ」と着物の袖を翻しながら鍵の束ごと奪い取った。

「アンタたち、どきなさい！」

男たちを一喝し、丹羽さんは鍵穴に鍵を差しこむ。カチャという開錠の音と同時に、すべての銃が扉に向けられる。

丹羽さんが勢いよく扉を開け放った。

誰もいない――。

そう思ったのは一瞬で、銃を構えたトーキチローと大将が、「明智ッ」「おっさん！」と叫びながら部屋に飛びこんでいった。

「フロイス先生、来てくれ、早くッ」

トーキチローの悲鳴に似た声に、ソフィーが銃を収め、大股で部屋の中に入った。

ひとり、またひとり、と部屋に吸いこまれるように消えていく。

覚悟を決めて、最後に扉を潜った。

正面からかすかな風が吹いているのを感じながら、足を踏み入れると、全員が輪を描くように立っていた。

その輪の中央で、男性が倒れていた。

くわっと見開いた目が天井を見つめている。その眉間には銃弾が撃ちこまれたと思しき禍々しい傷痕が、絨毯に力なく伸びた右手には黒い銃が握られていた。

「明智さんッ」

叫んだつもりが、自分の声がやけに遠い。あ、これはマズいぞという予感どおり、黒い斑点が現れ、ぞわぞわと視界の外側から中心に向かって侵食していく。

かくして、私はふたたび失神した。

その七　変

目を開けたら、そこにソフィーの顔があった。

「ソフィー先生！」

反射的に身体を起こし、彼女の腕をつかむ。

「ノン、私の名前はフロイス」

ソフィーはやれやれと呆れ気味の笑みを浮かべながら、私の手を外した。

「気分はどう？　一日に二度も失神するのは、身体によくない」

水を、とソフィーが声をかけると、すぐさま三木がコップに注いだ水を持ってきた。

見覚えのある長イスに、周囲のインテリア――、どうやら意識を失ったのち、一度目と同じ部屋に運ばれたらしい。

室内には私のほかには、ソフィーと三木しかいないようだ。

コップの水をひと口いただき、ゆっくりと息を吐き出した。ぼんやりとした頭が次第にクリアになっていく。頰をごしごしとさすって、痺れの感覚が残っていないことを確かめてから面を上げると、先ほどトーキチローが銃をぶっぱなして大破させた、テーブル上の花瓶があった場所に私のカバンが置いてあった。

なぜか、カバンの横には「ぶりぶりぎっちょう」が取り出され、ちょこんと並んでいる。

「どうして、私の荷物が？」

「あなたがここで休んでいる間に、全員の持ち物をチェックしたの」

ソフィーはチャイナドレスのスリットから長い脚を伸ばす格好で、テーブルのへりに尻を置くと、私のカバンを指差した。

「『天下』を見つけるためにね」

「それは明智さんが、あの箱から奪っていったんじゃ――」

　金庫室にて、「織田木瓜」の螺鈿模様が施された箱の蓋を手にした支配人の姿が蘇る。

「明智の死体から、『天下』は発見されなかった。彼の部屋からも、何も見つからなかった」

「明智さんは、何も関わっていなかったってこと？」

「いいえ、ボスを殺したのは明智。覚えてる？　明智はあなたを撃った。正確には、あなたの後ろの壁を。ならば、撃った数は一発のはずなのに、彼の銃を調べたら二発撃っていた。しかも、血のついた薬莢が一個、ポケットに。スーツのポケットの中にまで、明智自身の血は飛んでいなかった。つまり、ボスを撃ったときに、絨毯に落ちてついたもの」

「それ、おかしいです」

　すぐさま、私は異議を唱えた。

「二発のはずがない。だって、明智さんが逃げこんだ部屋から銃声が……、あなたも聞いたでしょ？　ダァンって、すごく大きな音が。それなら、彼は三発は撃っているはず」

「シガールームから聞こえてきた銃声は、明智が撃ったものじゃない」

「え？」

「撃たれたの」

「撃たれた？　明智さんが？」

「そう、正面からここに一発。即死よ」

ソフィーは自分の眉間に、銃をかたどった指を当てると、「パン」と音を出さずに口を動かした。

「あれは自殺じゃない。明智は殺された」

殺された？　思わず声が引っくり返る。

「で、でも、あの部屋には誰もいなかったし、床に倒れていた明智さんは銃を持っていたし――」

「彼はあの部屋で銃を使っていない」

「どういうこと……？」

「密室で彼は殺された」

「密室？」

「言ったでしょ、彼の銃からは二発しか発射されていないって。あの部屋には明智のほかには誰もいなかった。明智を撃った銃も見つからなかった。もちろん、『天下』もね。つまり、完全な密室だった」

「誰かが明智さんを撃って、持ち物を奪い去った、ってことですか？」

「だから、彼ら、必死になってホテルじゅうを探している。明智を殺した犯人が、どこかに隠れているはず。その犯人が『天下』を持っているはずだ、ってね」

「おかしいな」

それは密室うんぬんといった状況に対しての指摘ではなく、今、この瞬間における己の生き方そのものへの疑義だった。

「何で私、こんなところにいるんだろ」

水を飲み干したコップを三木に返し、立ち上がった。

「大丈夫でございますか」

心配そうな眼差しを送るイケメンホテルマンに、お別れのつもりで「ありがとうございました」と頭を下げてから、テーブルに置かれていた自分のカバンとぶりぶりぎっちょうを手に取った。

「ソフィー先生、大和会、始まっちゃうよ。私、先に行きます」

最後の望みをこめて、相手の目をまっすぐ正面から捉えた。

「織田が死んだから、もう、大和会は開かれない。何度も言うけど、私はフロイス」

口元に浮かべた笑みとはうらはらに、彼女の目は少しも笑っておらず、テーブルのへりに腰かけた無愛想な姿勢を解こうともしなかった。

無言で、部屋を出た。

扉を閉め、廊下を進んでも三木が追ってくる様子はなく、そのまま廊下の先にあるエレベーターに乗りこんだ。

「一階をお願いします」

操作パネルの前に立つ制服姿の黒人男性が大きな身体を折り畳むように一礼し、レトロなボタンの「1」を押した。

*

エレベーターの扉が開くなり、ガランとした玄関ホールに迎えられた。

高い天井に、格式あるインテリア。クラシックな色調に統一された内装は見事だったが、無人のチェックイン用のカウンターを見ても、昨夜、この場所に自分が立った記憶は一ミリも呼び覚まされなかった。

磨かれた床面に靴の音が小気味よく響くのを聞きながら、ホールを横断した。

とにかく、ここを出るのだ。

そして、警察に連絡する。洗脳なのか、催眠術なのか、明らかに本来の自分を失ってしまったソフィーやトーキチローをすぐさま保護してもらうのだ。

玄関扉が近づいてくる。

両開きの扉にはめられた磨り（す）ガラスの向こうからは、明るい陽の光が差しこんでいた。

「すぐに戻ってくるから。待ってて、ソフィー、トーキチロー、ほかの人たちも」

歩くスピードを落とさず、ドアノブに手をかけた。見た目の重厚さに比べ、とても軽い感触とともに玄関扉がカランと開いた。

視界に押し寄せる光に目を細めつつ、建物の外に一歩踏み出した。

その瞬間、舞台が暗転したかのような感覚に襲われた。

少しふらついたのち焦点を定めたら、なぜか正面に広がっているのは玄関ホールの風景だった。

「あれ?」

振り返ると、そこには玄関扉が左右ともにぴたりと閉じられた状態で控えている。

「何で?」

一瞬の夢でも見たのだろうか。それとも、一秒でも早くこの場から立ち去りたいという思いが強すぎて、開けた気になってしまっていたのか。

改めてカバンを担ぎ直し、

「どうも、お世話になりましたー」

とまったく心のこもらぬセリフも高らかに、扉を開けて外に出た。

しかし、またもや玄関ホールに戻ってきてしまった。

まるで、到着したばかりの宿泊客のように、左右を見回す。カウンターの場所、床の模様、照明の形、まさしく数秒前、お別れを告げたはずの景色が展開されていた。

それから三度、玄関扉から外に出ようと試みた。しかし、すべて同じ結果だった。

「何なの、これ――」

焦りと不安が一気にこみ上げてくるのを感じながら、他に出口はないかと探したところ、受付カウンターの隣に窓を見つけた。

カバンを担ぎ直し、猛進する。

レースカーテンに覆われた窓は、はじめから開け放たれていた。行儀が悪いが、気にしている場合ではなかった。窓枠に足をかけ、「エイッ」と身体を持ち上げ、外に飛び降りた。

確かに落ちる感覚があった。

しかし、私が着地したのは、やはり玄関ホールだった。

しかも、移動している。玄関ドアから見て左手の受付カウンター脇の窓から外に出たにもかかわらず、現在、私は玄関ドアから見て右手にある窓枠の下に座りこんでいた。窓と窓との距離は十五メートル。

「何で、何で？」

レースカーテンを払いのけ、カウンター脇のものと同じデザインの窓枠から外をのぞいた。ここは一階である。当たり前の話だが、窓の外には地面が、さらには花壇が見える。

あれこれ考える前に窓枠に足をかけ、飛び降りた。

勢いのまま、尻もちをついてしまった。

だが、尻が接しているのは花壇の手前の砂利ではなく、玄関ホールを覆う床面だった。

冷たい感触を手のひらで確認しながら、自分が受付カウンター脇の窓の下にいることに気がついた。つまり、行って、戻ってきたのだ。

「どういうこと……？」

もう一度、窓からの脱出に挑もうとして、ふと肩に担ぎっぱなしのカバンの存在に気がついた。

カバンを下ろし、勢いをつけて窓の外に放り投げた。

「ドサッ」

という音に振り返ると、十五メートル離れた先ほどの窓の下に、カバンが転がっていた。

「出られない？」

そこへ、いきなり電話のベル音が玄関ホールに鳴り響いたものだから、飛び上がるくらい驚いてしまった。

音の出どころは受付カウンターに置かれた電話機だった。黒いレトロな電話機が、それ自体震えているかのように、けたたましく音を発している。

これだけ鳴っているのに、スタッフが現れる気配はなかった。

電話機は鳴り続けている。

慎重にカウンターに近づき、受話器を手に取った。

「オマエは、ここからは出られない」

　受話器を耳に当てるなり、加工を施したらしき、機械じみた声が聞こえてきた。

「あなたは誰？」

「オマエはここでまだやるべきことがある」

「ひょっとして、これって全部、あなたのせい？　そこの窓から飛び降りたのに、向こうの窓から入ってくるとか、どういうトリック？　私に何をしたの？　催眠術？　それとも、夢か何か？」

「夢ではない。現実だ。言っただろう。『時間を遡ることはできなくても、この世に再現することはできる』と――」

　その瞬間、夜の闇に浮かぶ行灯と、その光に淡く照らされる横顔が脳裏に蘇った。

「あ、あなた――、あの、うさんくさい易者ね！　私やソフィーやトーキチローをこんな場所に呼びこんだのは、あなた？　戻しなさいッ。今すぐ元に戻しなさいよッ」

「解決、しろ」

「解決？　何を？　明智さんが殺された密室の謎？　それとも、まさか本能寺の変の真相とか言うんじゃないでしょうね」

「歴史の真実を見極めろ。対話し、相手の言葉に耳を傾けろ。その心を溶かせ」

「心を溶かす？　何、言ってんの？　そんなことより、私をここから出しなさいって――。

もしもし？」

ツーという音だけが聞こえてきて、乱暴に受話器を置いた。

「ねえ、支配人！　どこかから見てるんでしょ？　出てきなさいよッ」

玄関ホールに響き渡る怒声を放ったが、いつまで経っても返事はなく、投げ放ったカバンが放置されたその真上では、窓から入りこんだ風が音もなくレースカーテンを靡（なび）かせていた。

＊

「七階です、七階！」

エレベーターに乗りこみ、操作パネルの前の制服男性に伝えると、やはりいっさい声を発することなく、一礼とともに「7」のボタンを押してくれた。チンという音を添えて扉が開くなり、私は肩をいからせ廊下を突き進む。

「密室だか、何だか知らないけど、それの謎を解いたらいいんでしょ！」

勢いのまま明智さんの死体が発見された部屋の前に到着するまで、誰にも会うことはなかった。死体がまだ残っていたらどうしようと臆する気持ちはあったが、ドアノブに手をかけ、一気に扉を開け放つ。

いきなり、部屋中に漂う煙に迎えられた。

窓から入りこんだ光に照らされ、正面のひとり掛けソファに座っている人影が煙の向こうにゆらめいている。

顔を確かめるよりも先に、全身を覆うピンク色のスーツが相手の名を教えてくれていた。

「トーキチロー先生！」

「だから、何度言ったら――。もう、いいよ。好きに呼んでくれ」

ソファにゆったりと腰かけ、足を組むトーキチローが諦めたように首を横に振った。

「ここで、何してるの？」

煙を手で払いながら部屋に入ると、

「考えてんだ。どうやって、明智が死んだのか」

と赤く充血した目をこちらに向けた。

そうだ、明智さんの死体――、と思わず一歩後退(あとずさ)って床を見下ろす。死体はもちろん、彼が倒れていた絨毯ごと持ち去られたようで、木の床が剝き出しになっていた。

トーキチローがタバコにしては、太い筒状のものを持っているので、「何ですか、それ？」と訊ねると、

「葉巻だ。ここはシガールームだからな」

と手にした葉巻を口に近づけ、もうもうたる煙を顔の前に吐き出した。

「そこの棚から一本もらったんだ」

葉巻の先で示された棚に顔を向けるとガラスの蓋に覆われた木箱がいくつも並べられていた。箱の中では、いかにも高級そうな茶色の筒状の葉巻がみっしりと肩を寄せ合っている。

「シガールームってこういうことなんだ」

部屋の両サイドの棚を見渡しながら私がつぶやくと、

「ボスは葉巻が似合う男だった。俺もいつかボスのようになりたいと思って、がむしゃらにやってきたんだ」

トーキチローは暗い顔つきで、ソファの脇に立つ、レトロなデザインの灰皿スタンドに葉巻を置いた。

「いつだって、ボスが俺のあこがれだった。俺をここまで育ててくれたのもボスだった。ボス……」

トーキチローは急に顔を両手で覆った。それから背中を丸め、本気で肩を震わせ始めた。その姿は真に迫っていて、確かに胸を打つものがある。でも、彼は本来、京都女学館の社会科教師であって、美術品マフィアの一員ではない。ここで、もらい泣きしそうになるのも馬鹿馬鹿しいので、

「この部屋、煙たい」

と部屋の奥まで進み、窓を開け放った。

新鮮な空気を吸いこみながら、窓の外を確かめる。

「下から上がってくるのは、この高さじゃ無理だ。屋上も調べたが、人が使用した跡はまったくなかった。屋根も埃だらけ。窓から出入りした線はない」

トーキチローの言うとおり、眼下に広がる建物は高くても三階建て程度。七階のこの場所までは距離がありすぎる。左右を見渡しても人が利用できそうなでっぱりや配管のようなものは存在しない。上の様子も然(しか)り。

「でも、明智さんは自分のものではない銃で撃たれた――」

「アンタも見ただろう。銃声が聞こえて、俺と柴田のオッサンが真っ先に入ったのに、この部屋には誰もいなかった。凶器も見つかってない。そう、完全な密室ってやつさ」

「つまり、銃を持った犯人がどこかからこの部屋に侵入して、銃を撃って、すぐさま逃げたってこと？」

「そういうことになる――。でも、アンタ、何でそんなこと気にするんだ？　『天下』の行方には興味ないのか？」

「だから、私は最初から関係ないの。そんなの、どうでもいい」

「他の連中は、それしか頭にないぞ。ボスが死んだ。次に、明智も死んだ。金庫から『天下』が消え、この部屋からも見つからず、明智の部屋にもなかった。それならば、『天下』は、最初にそれを見つけた奴のものだ――、って、どいつもこいつも血まなこになって探してる。ボスのことなんて、もう誰も気にしちゃいない」

「きっとこんな感じだったのかな……」

あん？　と灰皿の葉巻をふたたび手に取ったトーキチローが片眉だけを器用に持ち上げる。

「何で、彼がボスを殺したかなんて、どうでもよくなって……、次に『天下』を誰が手に入れるか、それがあとに残った人たちにとっての大事になったんだ。だから、何も書き残さなかった。生きている者だけに許されることなのに、誰も――」

「何の話してんだよ」

「ねえ、トーキチロー――、いえ、羽柴さんに質問」

あえて呼び方を変えて、訊ねてみた。

「本能寺の変って知ってる？」

「知ってるに決まってんだろ」

「明智光秀を討ったのは？」

「羽柴秀吉」

「そこは変な感じしないの？」

「何で」

「それは別の話なんだ」

どういう意味だ？　と眉間にしわを寄せるトーキチローに、いいのと首を横に振って、私は窓の外に顔を戻した。

周囲の風景を見回しても、ここが京都のどのあたりなのか、ピンとこなかったが、はるか遠方に低い山々が連なり、「大」の字が鎮座しているのが認められた。

「ああ、大和会どうなってるんだろ」

大きくため息をついて、ふと腕時計の時間を確かめたとき、あれやこれやと考えるまでもなく、はじめから「変」だったのだ、とようやく気がついた。

デジタル時計は六月二日の六時二分を表示したまま、ピタリと止まっていた。

*

密室の謎を解き明かす、と鼻息荒くやってきたはいいが、何をどう解き明かすのか、手がかりすら得られないまま、トーキチローとともに部屋を出た。

「これでもアンタが来る前に、秘密の扉や通路はないか調べたんだぞ。でも、探すまでもないくらい小さな部屋だし、絨毯を引っぺがしても何も見つからなかった。完全な密室ってやつだよ」

取りあえず他の連中を探そうぜ、と主張するトーキチローと並んでエレベーターに向かう途中、金庫室からつながる廊下と合流したあたりで扉が閉まる音が聞こえた。誰かいるのかと顔を向けると、廊下の突き当り、金庫室の扉の前で鍵をかけている三木の姿にぶつかった。遠目に眺めると、すらりとした長身が映え、そのイケメンぶりがいよいよ際立っている。

「おい、柴田のおっさんとか、どこにいるか知らねえか？」

トーキチローが進路を変え、三木のもとへすたすたと歩いていく。

私たちに気づいた三木は一礼すると、

「滝川様、お身体のほうは大丈夫でしょうか」

ついさっき、私が唐突に部屋を去ったことには何も触れずに、律儀な表情を崩さぬまま訊ねてきた。

「私は平気。それよりも、支配人はどこですか？」

「支配人でしたら、二階の食堂でございます。みなさまが集まって、今後についてのご相談があると聞いております」

「何で俺を呼ばないんだよ。だいたい、『天下』がどうして箱から消えていたのか、まだ何の説明も受けてないぞ。アイツが管理していたはずだろ？」

「申し訳ございません。羽柴様をお探しする途中で、この部屋での用事を思い出しまして――」

三木は廊下の突き当りに設置されたアンティーク調の花瓶台の前に歩を進め、花瓶の位置を調整したのち、ちょうど額縁のように花の背後に構える窓を開けた。

「俺は食堂に行くぞ。アンタはどうする」

「私も行きます」

いちいち密室の謎を解き明かすよりも、謎全体を仕掛けてきた支配人と直談判したほうが手っ取り早い。すぐさま踵を返そうとしたとき、「ん？」と足の動きが止まった。

「どうした？」

なぜ、足を止めたのか、自分でもわからなかったが、一拍遅れて理由を理解した。

「今、一瞬、何かの匂いがしたような」

あん？　といつぞや見たMr.ビーンのような鼻の動きとともに、トーキチローは周囲の空気を嗅いでいたが、「何も匂わねえぞ」と訝しそうに返してきた。

「ちょっと、いい？」

彼のピンクスーツの襟を引っつかみ、ぐいと引き寄せる。

「お、おい！」

銃を奪われると思ったのか、慌てて襟を引っ張り返すトーキチローを、「違うわよ」と睨みつけ、肩口に鼻を近づけた。

「たぶん……、葉巻の匂い」

「そりゃ、さっきまで葉巻を吸ってたんだから、匂いくらいつくだろ」

「違うの、あなたからじゃなくて、こっちのほうから匂ったような……」

トーキチローのスーツから手を離し、窓の方向を指差す。

「俺は先に行くぞ」

釈然としない気持ちがくすぶる私の視線の先で、窓を覆うレースカーテンが風を受けて静かに揺れた。

「待って！」

無意識のうちに、トーキチローの腕をつかんでいた。

「オイオイ、何だよ」

心底迷惑そうな声にも耳を貸さず、強引に彼を引っ張って窓際へと進む。

「すみません。これ、動かします」

私たち二人のために進路を空ける三木に断ってから、ずしりと重たい花瓶を台から床に下ろした。

「何してんだ。やめろって、危ないだろ」

いかにも頑丈そうな花瓶台に足をかける私を見て、トーキチローが慌てて駆け寄る。

「近づかないで！」

鋭く制し、花瓶台の上によじ登った。さらにレースカーテンを払いのけ、開け放たれた窓の向こうに顔を向けた。

「やっぱり、匂う」

「俺は結構、鼻はいいんだ。気のせいだと思うぞ」

「鼻音痴のトーキチロー先生は黙ってて」

「鼻音痴？　何だ、そりゃ――。いや、わかった。俺は鼻音痴だ。だから、まずはそこから降りろ。死体ばかり見て、きっとアンタ、混乱してるんだ。ほら、ゆっくり息を吸って……。いいか、そこから動くなよ」

手を差し伸べる格好で、トーキチローがじりじりと近づいてくる。その背後では、三木が立ち止まったまま、表情の読めない顔で私たちのやり取りを見つめていた。

「さようなら、トーキチロー先生」

窓枠に手をかけ、ぎゅっと目をつぶった。「やめろッ」という叫び声を聞きながら、私は勢いよく窓の外に向かってダイブした。

*

落下の感覚をほとんど味わうことなく、気がついたときには硬い木の床面に転がっていた。

「イテテテテ」

尻と肘をぶつけたみたいで、交互にさすりながら立ち上がる。

目の前には、見覚えのあるひとり掛けソファとアンティーク調の灰皿スタンド。灰皿に横たわる葉巻からは、火を消し損ねたのだろう、今もか細い煙が立ち上っていた。

一般のタバコとは違う、どこか甘みを帯びた香りが鼻孔から入りこむ。これだ。金庫室の前で一瞬だけ鼻が捉えたのは——。

七階の窓から飛び降りたにもかかわらず、落下死することなく、別の部屋に転がりこんだことに対し、今さら驚く気にはなれなかった。

「ここから、明智さんを撃つ」

私と違って音を立てずに忍びこんだであろう、犯人の気持ちになって正面に位置する扉を捉えた。

金庫室から抜け出し、この部屋まで逃げこんだ明智さんは、おそらく扉の手前に立っていた。扉の外からは乱暴にドアノブを回す音や、トクさんの「開けてください！」と説得する声が聞こえていたはずだ。痺れを切らしたソフィーがドアノブを直接撃とうとして、私が寸前で止めた。彼女の腕をつかみ、

「ドアを開けて。このままだと、あなたが死んじゃう！」

と叫んだタイミングで、部屋の中から銃声が轟いた。それから、私たちが扉を開錠し、部屋の床に横たわる明智さんの死体を発見するまでは、三十秒ほどしか経っていなかったはずだ。

あのとき、この窓は？

視覚情報を呼び起こす前に、部屋に足を踏み入れると同時に、正面からふわりと風を受けた感覚が蘇った。

ＹＥＳ、確かに窓は開いていた。

犯人は金庫室前の廊下の窓から、この部屋に侵入。明智さんを一発で仕留めたのち、ふたたび窓にダイブして金庫室前の廊下に戻った。その後、何食わぬ顔で、この部屋に向かった――。

つまり、銃声が聞こえたとき、扉の前に詰めていなかった人が犯人ということだ。

急速に答えに近づきつつある予感に、心臓がドクンドクンと脈打ち始める。慎重に記憶をたどっていく。明智さんがいなくなったと騒ぎになって、金庫室にいた全員がいったん外に出た。その後、このシガールームに逃走先が絞られるまでの間、トーキチロー、「うつけ者」大将、トクさんの三人はひたすら部屋を検めていた。私の隣にはソフィーがいた。突き当りのこの部屋がシガールームであることを伝えたのは三木で、その隣では支配人が鍵束を取り出していた――。

「一人、いない」

気がついたときには、扉に向かって駆け出していた。

「わかった、トーキチロー先生！　明智さんを撃った犯人がわかったッ」

勢いよく扉を開けた途端、そこに人が立っていたものだから、思わず「キャッ」と声を上げてしまった。

「何がわかったのかしら、先生」

金の刺繡糸で描かれた蝶が儚(はかな)げに目の前で舞った。見事な絵柄が躍る袖を持ち上げ、その内側から銃を取り出すと、丹羽さんはぴたりと私の胸に狙いを定めた。

*

命令されてもいないのに両手を挙げ、じりじりと後退る私に銃を向けたまま、丹羽さんは部屋に入ってきた。

「明智を撃った犯人がわかったの？　ビッグニュースじゃない。密室のトリックを、見事解き明かしたってこと？」

後ろ手で、素早く丹羽さんは扉の鍵をかける。

「あなた、です」

私？　とくっきりと引かれた眉の間にしわが寄った。

「あなたが、明智さんを殺した」

馬鹿なこと言わないで、と丹羽さんはハンッと鼻で笑った。

「全員の注意が金庫室から離れた隙に、あなたは金庫室前の窓からここに移動した。明智さんを撃ったら、また窓を使って金庫室前に戻る。それから、廊下を全速力で走って私たちに合流して、そのドアを開けたんです」

鍵の束を探り、やっとのことで一本を見つけ出した支配人から、身体をねじこませた丹羽さんが強引に奪っていくシーンが脳裏に蘇る。

「鍵がかかった扉の向こう側にいた人間が、たった三十秒そこらで開ける側に回るなんて、誰も想像できない。しかも、あなた自身が扉を開けて、そこに明智さんの死体を発見した。当然、凶器も見つからない。かくして密室が完成した」

「あのね。アンタ、言ってること、めちゃくちゃよ。何で金庫室の前の窓から、そこの窓に移動できるのよ」

丹羽さんは眉を八の字にして、心底呆れたような表情を作りながら、銃口を一瞬だけ私の背後の窓に向けた。

「それは私よりも、あなたのほうが知っているはず」

「どういうこと？」

「だって、あなたはこの場所で『本能寺の変』を再現するために用意された人だから」

ハア？　と丹羽さんはこれ見よがしに口元を歪めた。

「アンタ、馬鹿じゃないの。何でそこで、いきなり『本能寺の変』が出てくるのよ？　意味がわからない」

「あなたが明智さんをこの部屋に導いた。きっと、部屋の前に集まる人たちの裏をかいて逃がす、とか言って。だから、窓から現れたあなたを見ても、銃を持っていた明智さんは撃たなかった。あなたは敵ではなく、共謀している味方だったから。この部屋から脱出するために、明智さんは窓に向かった。そして、近づいてきた明智さんを、あなたは撃った」

「信じられないくらい雑な推理というか、思いこみを聞かされているけど、いちおう質問してあげる。どうして、私は明智がこの部屋に逃げこむ、って知っているわけ？　『導いた』って何？　言っておくけど私、あの男と今日になってから、一度も口を利いてないから。だって、私はアイツのこと大嫌いだったし、いつも、しかめっ面でおもしろいことを何も言わない、最高につまんない男だって思っていたし。覚えてる？　最初に金庫室に行こうと言い出したのは誰？　支配人よ。私はこの階に来ることなんて知らなかったのに、どうしてそこから明智が金庫室からトンズラして、さらにこの部屋に逃げこむことまでわかるのよ」

「それは……」

確かに、金庫室に向かう途中、二人が会話を交わしていた覚えはない。それどころか、移動中を通じて全員が完全に無言だった。ならば何か仕掛けがあったはずと、記憶を遡ろうとしたとき、背中の窓から入ってきたやわらかな風が、そっと髪を撫でていった。灰皿の一本の火がまだ消えていないのか、かすかな葉巻の香りを添えて――。

「そうか。あなたは、あなたであって、あなたではない……」

「はい？」

「あなたは香りを扱う人です」

昨日の「蘭奢堂」での聞香体験にて、香炉に手のひらをかぶせるようにして匂いを確かめる、その上品な所作を思い返しながら語りかける。

「一度も口を利いていないなんてウソ。金庫室の前で、支配人が中を確認することに異議がある人がいるかと訊ねたとき、あなたは言った。『いいの？　聞いておくなら今よ』って――。あのとき、引っかかったんです。『異議があるかどうか』に対する返事に、『聞いておく』というのは、何だか意味が通らない。他の人もきっとそう思ったから、場に変な沈黙が流れた。でも、それに返事をした人がいる。『そうだな』って明智さんだけが反応したんです」

「それだけ？　そのやり取りだけで、どうして、この部屋にアイツが逃げこむことになるのよ」

「あれはあなたと明智さんの二人の間だけで通じるサインだった。それが『聞く』という言葉。あなたが今、覚えているかどうかわからないけど――、昨日、私はあなたからレクチャーを受けました。香道では、お香は『嗅ぐ』ものではなく『聞く』ものだ、って。だから、『聞いておくなら今よ』という、あのときの言葉。その本当の意味は『香りを嗅ぎにいけ』。つまり、『シガールームに行け』ってことです」

「信じられない。アンタ、そんな適当も適当な想像で、私のことを人殺し扱いしちゃうんだ。当てずっぽうもいいところじゃない。馬鹿馬鹿しくて、やってられない」

勘弁してくれとばかりに肩をすくめ、構えていた銃を下ろす。

「と言いたいところだけど、当たってる」

「え?」

「何で、そんなことまでわかるの。明智を殺したのは私。アイツをそそのかして、ボスを殺させたのも私。だいたい、アンタは何者? どうして、私たちの世界にいるの? 私たちがずっと繰り返してきたことを、何で邪魔するの?」

「私たちの世界?」

「いったい、誰が連れてきたのよ。まあ、いいわ。私がさっさと退場させてあげる。悪いけど、死んでちょうだい」

急に顔から表情が消え去り、丹羽さんはふたたび銃を構えた。

脅しじゃない。この人、本当に撃つつもりだ——。

「やめて!」

目を強くつぶり、銃声が聞こえる瞬間を待ち受けたが、なかなかそのときは訪れなかった。

おそるおそるまぶたを持ち上げると、丹羽さんが一点を凝視していた。鼻の先を持ち上げ、何かを嗅いでいるのだろうか、銃を向けたまま、鼻の穴をひくひくとさせている。

「どうして……、アンタが持ってるのよ」

そのときになって、ガード代わりに顔の前に持っていった腕が、何かを握っていることに気がついた。

「ぶりぶりぎっちょう――」

ソフィーと三木がいる部屋から憤然と立ち去った際、テーブルの上にカバンと並んで置いてあった「ぶりぶり」をそのままジャケットのポケットに突っこんだ。何か自分を守れるものはないかと、藁にもすがる思いでそれをつかんだらしい。

依然、私に銃を向けたまま、

「そこに天下が――」

と震える声で彼女がつぶやいたとき、いきなり空気を引き裂く轟音が響いた。

「キャアッ」

今度こそ撃たれたかと思いきや、なぜか正面で丹羽さんが手を押さえ、うずくまっている。

「間に合った」

聞き慣れた声に振り返ると、窓の手前で尻もちをつきながら、ピンクスーツの男が両手で銃を構えていた。

「トーキチロー先生！」

「遅くなって、すまなかった。窓の外に飛びこむのに勇気が要ってよ」

尻に手をあてながら、トーキチローが立ち上がったタイミングを狙い、丹羽さんが床に落ちていた銃を拾おうと手を伸ばした。

しかし、すんでのところで銃は蹴り飛ばされ、重い音を立てて木の床を滑っていった。

「オイ、今の全部聞かせてもらったぜ」

いつの間にか開いていた扉から現れた「うつけ者」大将が、丹羽さんの後頭部に銃を突きつけた。

＊

ほら、さっさと行けよ、と「うつけ者」大将が銃の先で背中を小突くと、両手を挙げ、丹羽さんは「はいはい」と薄ら笑いを浮かべながら部屋を出た。

「お前が……、ボスを殺したのか？」

床の銃を拾い上げたトーキチローの問いかけに、丹羽さんは足を止め、振り返った。

「だから、言ったでしょ。ボスを殺したのは、明智。ボスが部屋で一人で寝ている今なら『天下』を手に入れられるわよ、って少し吹きこんだだけで、あっという間にその気になって、ボスをやっちゃった。本気で自分が次のボスになるつもりだったみたい。笑っちゃうわよね。そんな器じゃないの、誰だって知ってるのに」

何ら悪びれる様子もなく、「ねえ、帯に銃を当てないで。形が崩れるから」と注文をつける彼女に、

「どうして、明智さんを殺さなくちゃいけなかったんですか」

と思わず疑問が口を突いて出た。

「どうして？『天下』よ。誰だって欲しいに決まってるじゃない。誰かに従っている限り、永遠に手に入らない。だって『天下』はこの世に一つしかないものだから」

「じゃあ、あなたが今、『天下』を？」

「いいえ。そもそも、明智だって持っていなかった。要は私も操られていただけ。『天下』を渡してやるってそそのかされて。間抜けな明智といっしょ」

「操られていたって……、誰に？」

丹羽さんはニヤリと笑い、口だけを動かした。

「おだ　のぶなが」

声は聞こえなくとも、はっきりとわかった。

どういう意味なのか、そもそも「天下」とは何なのか？　確認する間もなく、大将に促され、丹羽さんは廊下を歩き始めた。

大将と丹羽さんの行き先は金庫室だった。トーキチローとともに後ろをついていくと、すでに開け放された扉の前で、鍵の束を手に三木が待っているのが見えた。廊下の突き当りの窓は閉められ、移動させた花瓶もすでに戻っている。

廊下から金庫室をのぞくと、サングラスをかけ、豊かな髪の毛を誇るトクさんと、赤いチャイナドレスのソフィーが人形のように並んで突っ立っているのが見えた。

「入れ」

銃を突きつけられた丹羽さん、大将、トーキチローの順で入室する。私も続こうとしたとき、

「俺たちには、俺たちのルールがある。アンタは関係ない」

と大将が私の前に立ち塞がった。暗い声だった。同じく、暗く冷たい光が、どんぐり眼の奥で瞬いていた。

「丹羽さんを……、どうするんですか」

答えを聞くことができぬまま、目の前で金庫室の内扉がゆっくりとスライドして閉じられた。

「支配人が食堂で、滝川様をお待ちしております」

振り返ると、すでに三木は歩き始めていた。

残された選択肢はなく、彼を追って廊下を進んだ。エレベーターの前に到着したとき、

「ダァン」という銃声が背後から聞こえた。肩が勝手にびくりと震えたが、三木は何も聞こえていない顔で、待機していたエレベーターに乗りこんだ。

その八　真実

操作パネルの前には、やはり長身の黒人男性が立っていた。三木が何も告げずとも、男性はすべて承知していると言わんばかりに「2」の階数ボタンを押した。エレベーターが降下する間、三木との会話はなく、私は手元のぶりぶりぎっちょうを見つめ、少しでも状況を整理しようと努めた。

二階でエレベーターは止まり、三木は食堂まで私を先導した。

「あの、三木さん」

食堂の扉の前で足を止め、イケメンホテルマンは振り返った。

「ひょっとして、私に窓のトリックを気づかせるために——、あのとき、わざと金庫室の前で窓を開けたんじゃ」

エレベーターでの沈黙の間に生まれた疑問をぶつけてみたが、

「どうぞ、お入りください」

とどこまでも静かな眼差しで、三木は扉を開けた。

食堂に足を踏み入れると、正面に伸びる長テーブルを挟み、もっとも遠い場所に支配人がぽつんと座っているのが見えた。

「いかがです？　滞在をお楽しみいただいていますでしょうか？　とお訊ねしたいところですが、滝川様におかれましては、たいへんな出来事の連続で、支配人として心苦しい気持ちでいっぱいでございます」

謝意を伝えているとは到底思えない、どこか朗らかですらある、支配人のよく通る声が食堂全体に響いた。

「ふざけないでッ」

テーブルの前まで進み出て、相手に負けないくらいの声で応酬した。

「くだらない演技は、もうたくさん。あなたでしょ？　どうやったのか知らないけれど、こんなめちゃくちゃな場所に私を連れてきて――、もうウンザリ。早くここから出して」

「どうやら、ご満足いただけなかったご様子、心からお詫び申し上げます」

「易者の格好で、あなた、私に言ったわよね？『実際に本能寺の変の真相に触れることができるかもしれない』とか、『時間を遡ることはできなくても、この世に再現することはできる』とか――。それが、これ？　こんなことで『本能寺の変』を再現したつもり？操り人形みたいにトーキチロー先生や、ソフィー先生や、他の人たちで遊んで……。遊ぶだけじゃなく、騙させて、憎ませて、裏切らせて、最後には殺し合いまでさせて。さっきは電話で私に『歴史の真実を見極めろ』って偉そうに言ってきたけど、これのどこに真実があるのよッ」

「電話？　はて、何の話でしょう」

一瞬、支配人は訝しげな表情を浮かべ、私の背後にいる三木に視線を移した。

「とぼけないでッ。どれもこれも、馬鹿みたいな茶番劇ばかりじゃない。これっぽっちも真実なんて、ありゃしないわよ！」

支配人はテーブルの上で重ね合わせた両手を、しばらく見つめていたが、

「そんなに真実が、大事か」

とつぶやいて、ゆっくりと立ち上がった。

「でも、もう、終わり。あなたの遊びにつき合っている暇なんかない。今すぐ元の世界に帰して」

「真実とは何だ。それは誰にとっての真実だ。生きる者にとっての真実か？　それとも、すでに死んだ者にとっての真実か？　単にお前にとっての真実か？」

相手の調子が急変し、いきなり「お前」呼ばわりをされたことに思わず言葉が詰まる。

「渡してやれ」

私の横に進み出た三木が、テーブルの上に何かを置いた。

「もう一度、こちらを訪れてください。すべてがわかります」

テーブルの上には、木札に「天下」と記された鍵が置かれていた。これを絨毯の上に見つけたときから、すべてが始まったのだ。

「わかるって、何が――」

鍵を手に取り、正面に顔を向けたが、テーブルの向こうに座っていたはずの支配人の姿が見えなかった。

「え？」

三木の姿もまた煙のように消えている。

がらんとした食堂を見回し、「三木さん？」と呼びかけるが返事はなく、代わりに預かった鍵が手のなかでかたりと音を立てた。

*

チン。

軽やかな音とともに開いたエレベーターの中は無人だった。ここに立ち続けていた制服姿の彼は、いったい何者だったのか？ いかにも精悍（せいかん）そうな、すらりとしたシルエットを思い出しながら「6」のボタンを押すと、エレベーターはガタンと一度大きく揺れてから動き始めた。

六階に到着しても、フロアに人の気配はいっさい感じられず、まるで建物全体から魂そのものが消えてしまったかのような静寂を抜け、「６０２」を目指した。

目的の「天下」の部屋は、開け放されたままだった。照明も点けっ放しで、部屋の入口から「あのー」と呼びかけても応答はない。

大きなソファセット、ダイニングテーブル、デスク、天井には小ぶりなシャンデリア――、ゴージャスな内装の様子に変化はなく、腕の時計の時間はやはり午前六時二分の表示で止まっていた。

鍵を手にここに立っていると、まるで同じ時間を繰り返しているような、デジャヴュの感覚が押し寄せてくる。

物音ひとつ聞こえてこない部屋にそろりと足を踏み入れ、ひとまず手前のソファに託された鍵を置こうとしたとき、

「ウソ」

と声が漏れた。

視界の右側、奥の部屋につながる扉の手前で、白いガウンを纏った男性が脳裏に焼きついた記憶とまったく同じ姿勢で倒れている。

まさか、誰も移動させないまま、今まで放っておいたの？

予想しなかった出迎えに、その場で立ち尽くす私の眼前で、さらに予想を超えた出来事が起きた。

「ギャアアアアッ」

腰が抜けそうになりながら声の限りに叫んだのは、突然、死体がむくりと起き上がったからだ。

「何で、何で、何で、何で？　撃たれて死んだんじゃないの？」

声を上ずらせ、へっぴり腰で後退る私の前で、白いガウンを羽織った男性が、ゆっくりと身体の正面を向けた。

「わからない」

なぜか、そこに支配人が立っていた。

ただし、よれた白いガウンを羽織り、足元は裸足。髪はぐしゃぐしゃに乱れ、その顔色は本物の死人のように真っ蒼という、つい数分前、食堂にいたときの紳士然としたスーツ姿とは似ても似つかぬ外見に変貌している。

わからない、と支配人はふたたび同じ言葉をつぶやいた。

「わ、わからない、って何が……」

「どうして、俺が殺されたのか」

「ころ、殺されたなら、そこに立っていられるはずないでしょ。だいたい、あなた、誰？

支配人じゃないの?」

「織田——だ」

「美術品マフィアの……ボスってこと?」

「お前がよく知っている、天正十年の六月二日に本能寺で死んだ男だ」

何を言っているんだろう、この人——。

まったく話についていけずにいる私に、「ついて来い」と低い声で伝え、男は踵を返した。ガウンの背中に血の跡がべっとりと貼りついているが、しっかりとした足取りで部屋の奥に進み、両開きの扉を開けてそのまま奥の部屋へ消えてしまった。

今のは何? 私を驚かすためのドッキリ?

今さらながら気がついた。私は死体の顔をまだ一度も見ていない。死体を発見したときは、死体の後頭部を確認しただけで失神してしまった。トーキチローやソフィーたちとふたたび訪れたときは、部屋に入ること自体を拒否した。私は死体の顔を、つまり、彼らのボスである「織田」の顔を知らずにいた。支配人こそがボスだったのか? いや、それならば、食堂に支配人が現れたときの、彼らの「誰?」という反応はどういうわけなのか——。

このまま、起き上がった死体について行くべきか、否か。混乱ばかりが渦巻く頭に、「すべてがわかります」

という三木の言葉が、抗いがたい吸引力をともなってこだました。緊張のせいか、それとも絨毯が高級すぎるのか、妙にふわふわとした感触を靴裏に捉えながら、気がついたときには男のあとを追っていた。

奥の部屋に入った途端、ギョッとして立ち止まってしまった。それは部屋の中央に大きなビリヤード台が鎮座していたからではなく、男の姿が一変していたからだ。わずか一分そこらのタイムラグなのに、ガウンから支配人のスーツ姿に、乱れきった髪形も丁寧な横分けに整え直し、靴も履いている。

「本能寺であれが起きる半月前の話だ——。俺は安土の城で光秀とメシを食った。これからの計画を夜通しで話し合った。アイツは本気で、俺が今後すべきことを、戦うべき道筋を考えてくれた。俺たちの未来は明るい、と笑っていた。奴の家族のことも、よく知っている。辛気くさい親父とは似ても似つかぬ、かわいい坊主がいた。いくさ場での功名より、実務の仕事を仕上げることに価値を見出す、めずらしい奴だった。だから、俺はアイツが気に入っていた。いくさのない世が訪れたあかつきには、いよいよ役に立つ男だとじゅうぶんに認めていた」

ビリヤード台の木枠に指を這わせながら、男はさらに奥の扉へと向かう。

「覚えているか？　お前は昨夜、俺に言った。本能寺の変は日本史史上最大のミステリーだと——。確かにミステリーだ。何しろ、誰よりも俺が知りたいからな。なぜ、俺は殺されたのか？」

　男に従って次の部屋に移ったら、足元が絨毯から木の床に変わっていた。内装もこれまでの洋風から、完全なる和風へと模様替えしている。襖絵も天井の細工も、さながら城郭の本丸御殿のような見事さだ。もはや、どれほど大きなスイートルームであっても、こんな間取りなんて存在し得ないだろうという、四方を巨大な虎や龍が躍る襖絵に囲まれた、百畳くらいありそうな大広間を男はずんずんと進んでいく。

　ふたたび裸足に戻った男の足が床を踏むたびに、木が軋み、衣擦れする音が聞こえてきた。いつの間にか、男の姿は「和」に――、すなわち肩衣と袴を纏い、頭は髷まで結い上げ、完全に武士の装いに変化していた。

「だが、その理由を光秀に訊くことはできない。アイツは向こう側に行ってしまった。やりたいことをやり尽くして、気分よくな。光秀だけじゃない。秀吉も、家康の奴だってそうだ。成すべきことを成し、さっさと行ってしまった。俺だけが、ここにいる」

　ダイナミックに描かれた唐獅子二頭が、左右から睨み合う襖絵の前で男は足を止めた。

「六月二日――、俺は本能寺で殺された。この日が訪れるたびに、あの一日をやり直す。俺の記憶の中に生きている懐かしい連中を、こうして呼び出してな」

　言葉を終えると同時に、勢いよく開け放たれた襖の先には、二階にあるはずの食堂の風景が当たり前のように広がっていた。

「トーキチロー先生！　ソフィー！」

思わず声を上げてしまったのは、正面に伸びるすっかり見慣れた長テーブルに、ピンクスーツ姿のトーキチローと、赤いチャイナドレスを纏ったソフィーの姿を認めたからだ。

さらには「うつけ者」大将、サングラスをかけたトクさん、そして黒い着物の丹羽さんの五人が、長テーブルの片側にイスを並べ、横一列に座っている。だが、奇妙なのは誰も私の声に反応せず、まるで人形のように正面を見つめ、微動だにせずにいることだ。

「羽柴秀吉」

まっすぐ正面を見つめているトーキチローの背後に立ち、男はその肩に手を置いた。

常に視界に捉えていたはずなのに、男の出で立ちは戦国時代コスプレから、髪型、足元含め、またもや支配人のスーツ姿に戻っていた。

「ルイス・フロイス」

男はゆったりとした足取りでソフィーの背後に移動し、チャイナドレスの肩に手を置いた。

「柴田勝家」

「徳川家康」

「丹羽長秀」

いずれも織田信長がらみの武将の名前を呼びながら、「うつけ者」大将、トクさん、丹羽さん——、それぞれの肩に手を置いていくが、誰ひとりとして反応を示す者はいなかった。

「もちろん、あの五人と見た目は違う。でも、中身は俺の記憶にある、あの連中だ。俺がこしらえた舞台にこうして連中を招き、演じさせる。新鮮な気持ちで、今日という日を繰り返す。今回の主役は——、この丹羽だったな」

丹羽さんの黒い着物の肩に手を置いたまま、「あのむさくるしい親父が、ここまで変わるとさすがに無理があるが」と彼女の横顔をのぞきこんだ。

金庫室に連れられたのち、銃声が轟くのを耳にしただけに、丹羽さんが無事だったことにホッとする。ただ、横に並ぶ四人同様、魂を失ったかのように瞬きすらしない姿は、果たして「無事」と言えるのか——。

「まず、丹羽に『天下』をくれてやるとけしかけ、どう動くのかを見た。俺もすっかり、お前たちに毒されてな。光秀がひとりで決断して、あれをやったのか。それとも、裏で奴を操り、糸を引く誰かがいたのか、そんなことばかり、気になるようになってしまった。自分で用意した筋書きだけでは、変化が生まれない。ときには、お前のように何も知らない者を招き入れる。お前は特に予想しない動きをしたから、これまでになかった乱れが出て、ずいぶん楽しませてもらった」

「全部……、あなたが作ったお芝居で、私はただの、そこで動き回るための駒ってこと？」

肯定の意味なのか、男は無言で私の顔を見つめている。

「でも、他の人たちは——？　あなたを見て変だと思わないの？　だって、死んだはずのボスが支配人の格好で登場するんだから」

他に訊くべきことがあるはずなのに、依然、真正面を向いたまま瞬きすら忘れている五人の様子に引っ張られ、どうでもいいことを質問してしまう。

「この者たちは、俺に操られ、筋書きどおりに演じる傀儡（くぐつ）でしかない」

刹那、背中に「うつけ者」大将に銃を突きつけられながら、「要は私も操られていただけ」と自嘲の笑みを浮かべた丹羽さんの声が蘇った。誰に操られているのか、と訊ねた私に、

「おだ　のぶなが」

と丹羽さんは声を出さずに告げた。

おそろしく馬鹿みたいな質問だと思いながらも、訊ねずにはいられなかった。

「あなたは……、織田信長？」

そうだ、と男はあっさりうなずいた。

「どうして？」

なぜ、この場所に織田信長がいるのか。なぜ、この妙ちきりんな世界に私が放りこまれたのか。なぜ、トーキチローやソフィーは動かないのか。なぜ、こんなどうかしている空間が平気な顔で存在し得るのか。すべての思いのたけを詰めこんだ「どうして？」だった。

「どうして？　言っただろう。わからないからだ。俺自身が忘れられないからだ。いや、お前たちが忘れさせてくれないからだ。俺はなぜ殺されたのか、なぜ殺されなくてはいけなかったのか。本能寺の変、日本史史上最大のミステリー――。お前たちがいつまで経っても飽きもせず、屁理屈を並べ、絵空事を並べ、歴史の真実などとそれらしい飾りつけをして、俺の死をもてあそぶ。だから、俺自身もこうして探している。誰よりも、俺が知りたいんだ。なぜ、俺は殺されたのか？」

自ら作った舞台を楽しんでいる様子からはほど遠い、苛立ちを露わにした男の甲高い声が食堂じゅうに響き渡った。

「お前は言った。こんな馬鹿みたいな茶番劇には、これっぽっちの真実だってない――、と。だが、数えきれぬほど、この日を繰り返して見えてくる真実もある」

「数えきれぬほどって……、これを何度も？」

「舞台を変えて、筋も変えて、丹羽が主役になるのは十度目か、いや、十五度目か……。何度も繰り返して、ひとつだけ、わかったことがある」

男は目の前に並ぶ五人を見下ろして、口元を歪めた。

「俺は憎まれていた。俺を慕う者など誰もおらず、内心、誰もが俺を警戒し、怖れ、忌み嫌っていた」

「それは……、あなたがそういう筋書きにしただけで」

否定の言葉が口を突く一方で、昨日の居酒屋「うつけ者」の大将が、本能寺の変がらみの話はあまり好きじゃない、とどこかさびしげに語ってことを思い出す。確かに、私たちは織田信長をどう理由づけて殺すべきか？　あの手この手で新説を生み出しては、俎上の鯉の如くいつまでも彼を殺し続けてきた。それもまた――、事実かもしれない。

いや、違う。

そうじゃない。

何かが、とても、ねじれている。でも、何を伝えたら、そのねじれが消えるのかが、わからない。

「いいだろう――、教えてやる。俺がどのくらい憎まれているか。俺に向けられた憎悪の念が、どれほど深いものか」

死人のふりをしていたときよりもわずかに血色はいいが、肉づきの薄い、依然、蒼白い頬に不意に暗い影が差したとき、

「おやめください！」

という声が背後から響いた。

驚いて振り返ると、閉ざされた食堂の扉と、その前に立つ三木の姿が視界に飛びこんできた。

「私はもう見たくありません。どうか、おやめくださいッ」

ほとんど叫び声に近い、切実な表情で三木が訴える。

「是非に及ばずだ、蘭丸」

「蘭丸？　まさか、森蘭丸？」

森蘭丸。本能寺で最後まで信長の側から離れず、主君とともに討ち死にした、織田信長が最も信用した小姓の名だ。

「ほう、蘭丸を知っているのか。そうか、お前は歴史の教師だったな」

凜々しい顔立ちを真っ赤に上気させ、何かを無言で訴えようとしている姿に、「三木さん」と思わず呼びかけそうになって気がついた。「森」だから、「三木」なんだ――。

テーブルの横から離れ、男はゆっくりとした足取りで近づいてきた。

「そろそろ、お前ともお別れだ」

私の横を通り抜け、三木の前で足を止めた。

「これからも、あなたはこの六月二日を繰り返すんですか？」

「お前たちが、俺を解放してくれない限りな」

「どうして……、どうしてそんなふうに、人のせいにするんですか？」

何？　振り返った男の切れ長な目から、射貫くような視線が放たれる。

「私たちがあなたを苦しませているんじゃない。あなたが勝手に、苦しんでいるだけでしょ」

なぜ、自分でもそんなことを言おうと思ったのか、わからない。でも、そんな我儘すぎる理由で、目が覚めたときから、ひどい目に遭わされ続けたのかと思うと、何か一矢報いないことには気が済まない――、そんな怒りのようなものが、腹の底からふつふつと湧き上がってきた。

「それなのに、全部私たちのせいにして、バッカじゃないの。あ、違う、馬鹿じゃない。あなたは、世界一のうつけ者ですッ」

目の前で一瞬の光が跳ねた。

ガンッという大きな音が真横から響き、悲鳴を上げて横に跳び退った。

どこから取り出してきたのか、男の振り下ろした刀がテーブルに食いこんでいる。

「お前の答えを聞かせろ」

男は難なく、テーブルから片手で刀を引き抜いた。

「俺をうつけ者呼ばわりするのなら、聡いお前にはすでに答えが見えているのだろう。光秀が俺を殺した理由は何だ？　教えろ」

教えないのなら、殺す。

男は暗い声でつぶやき、私ののど元に刀の先端を向けた。

おそろしく冷たい眼差しが私に注がれている。その目に見覚えがあった。明智さんだ。金庫室の前で、リストに記載のあるブツとやらを答えないと撃つと脅されたときと同じ目。

あのとき、彼は本当に撃った。この人は本当に私のことを刺す――。

昨夜も、居酒屋「うつけ者」で同じ問いを向けられた。あのとき、私は答えられなかった。そりゃ、そうだ。私は歴史を学ぶ徒だ。ひとつの歴史が定まるまでには、とんでもない量の、人々が伝えてきた言葉と想いが積み重なっている。簡単に答えられることじゃない。そう――、簡単ではないのだ。

「わかり……ません」

生半可な、一介の歴史教師が何を突っ張っているのか。でも、そう答えるしかなかった。思っていないことを口にはできない。ウソはつけない。

「わからない？」

男の目がすっと細くなり、刀を床と水平に構え、そのまま足を踏み出せばすぐに私を突き殺せる体勢を取った。

「それは、誰にも、わからない」

のど元まで十センチの距離に迫る切っ先から目をそらし、途切れそうになる声を必死で繋いだ。

「本能寺の変の真相？　なぜ、明智光秀が織田信長を殺したか？　そんなこと、誰にもわからない。でも――、その『わからない』から、歴史は始まるんです」

男がすっと刀を下げた。いや、下げたふりをして、上段の構えを取った。いつでも斬り下ろす準備が整っていることを、その殺気が十二分に伝えていた。

「そりゃ――、本能寺の変の真相は大事だし、私だって知れるものならば知りたい。けれども、どれだけ調べても真実にたどり着けない、永遠の謎のまま終わってしまうことだってある。だから、代わりに私たちは織田信長という人を、明智光秀という人を、何百年もの間、語り継いできたんです。それが残された私たちにとっての歴史なんです。なぜ、自分が殺されたのか『わからない』と言うあなたは正しい。でも、ひとつだけ――、あなたはとても大きな間違いをしている」

「間違い？」

男と目が合った途端、何かが私の頭上から足元へと、まさに「斬り下ろす」勢いで駆け抜けたのを感じた。

死んだと本気で思った。

しかし、いつの間にかつぶっていた目をあけても、男は刀を振り上げたまま、微動だにせず、私を見つめている。

思わず額に手を当て、血が出ていないのを確認してから、カラカラに渇いたのどの奥に力をこめた。

「あなたは憎まれているって言ったけど、違います。とんでもない、大間違い。みんな、あなたのことが好きなんです」

目の前に立つ男を、四百年以上むかしに死んだ人物に置き換えて話しかけている妙を、さほどの妙とは思わず、足が震えるのを抑えながら、必死で言葉を押し出した。

「だから、たくさんの人があなたのことを考えてきた。あなたにとっては余計なお世話で、ただの大迷惑な話かもしれないけど、みんな——、あなたのことが大好きなんです」

震える手でジャケットのポケットあたりの生地を握りしめながら、おそるおそる相手の様子を確かめた。

どこか虚を突かれたような、これまで見せたことのない不思議な顔で、男は刀を構えていた。

その斜め後ろで、三木が息を呑んだ表情で固まっている。

「大好き?」

ひょっとしたら声は発していなかったかもしれない。それでも、男の唇の動きから、そう聞こえた。

「教えてください」

いつ振り下ろされるかわからない刀の前に立つというのは、こんなに怖いのか、と天井の照明を反射させる刃を見上げつつ、私は一歩、前に進んだ。

「あなたは何を得たのですか。私が二度も気絶させられて、何度も銃を突きつけられて、真横で発砲されて、本気でパニックになって、みんなも必死で演技し続けて——。それって全部、あなたのため。あなたはそんな私たちを見て、何を得たんですか？　教えてください。私には知る権利があります」

男は答えなかった。刀とは鉄の塊である。結構な重さがあるだろうに、まったく微動だにせず、頭上に刀を構えたまま私を見つめていた。

長い沈黙の時間が流れた。

あまりの静寂に、長テーブルの様子はどうなったのかと顔を向けると、一列に並んで座っていたはずの五人の姿が消えていた。

「み、みんなは、どこへ？」

「幕が上がる前の状態に戻した。だから、そろそろ来る頃だ」

「来るって――」

正面に顔を戻すなり、「え」と思わず声が漏れた。

笑っていた。

いつの間にか刀の構えを解き、五十手前の男性にしては、どこか子どもっぽくもある――、ああ、この人ってこんな表情もできるんだ、と驚きとともに親しみを感じてしまう、そんな笑い方だった。

「ダイスキ、デアルカ」

織田信長の口癖は「デアルカ」だったという豆知識を思い出したとき、食堂の扉が音もなく開いた。

「明智さん！」

扉の向こうから、ダークグレーのスーツを纏った男が現れた。ここまで走ってきたのだろうか、肩で大きく息をして、汗ばんだ額には、耳にかけていた長い銀髪の一部が貼りついている。顔色はひどく悪く、目は吊り上がり、口元が小さく痙攣（けいれん）していた。これまでの落ち着き払った雰囲気とは別人のような――、言葉どおり、怒りに震え、我を忘れた様子で、明智さんはポケットから銀色に光るものを取り出した。

ナイフだ――。

食堂に登場したときから、聞き取れない言葉をぶつぶつとつぶやいていたが、徐々にそのボリュームが増し、

「信長、信長、信長！」

とついに絶叫まで上り詰めると同時に、明智さんが動いた。

「上様ッ」

三木が両手を上げ、突進してくる明智さんの進路を塞ごうとしたが、接触する寸前で横に突き飛ばされた。

「信長ァ！」

妨げるものがなくなり、ナイフごと明智さんは男に体当たりした。

自ら三木を左手で突き飛ばし、右手に刀を残しているにもかかわらず、まるで明智さんを迎え入れるかのように、男はナイフを受け止めた――。それらがスローモーションの動きとなって展開されるが、その場から一歩も動くことができなかった。

「言っただろ……。俺は憎まれている」

刀が床に落ちる派手な音が鳴った。明智さんの背中を抱えこみながら、男はふたたび笑った。今度はとても疲れている、老人のような弱々しい笑いだった。

「この世界は……、天正十年の六月二日だ。この日の本能寺には、俺と蘭丸と光秀がいる。だから、ここにいなかった他の連中を――、俺が用意する。だが光秀とは、話すことはできない。この男の頭には、俺を殺すことしかないからな。今日をやり直すたびに、俺を殺すことだけが……、この男の目的になり、役割になる」

その口元から血が噴き出す。明智さんは喚き続け、男の身体にナイフを押しつける行為を止めない。

「上様ッ」

三木が走り寄り、明智さんを引き離そうとするが、男はそれを手で制した。

「もうすぐ、この世界は崩れる。お前は自分から望んで……、この世界に入ってきたから、他の連中と違って、俺の力ではお前を帰せない」

口元から血を垂らし、凄惨な表情で言葉を吐き出す相手に、「望んだ覚えなんて絶対にない」と言い返すことはできなかった。

「蘭丸――、頼んだぞ」

三木は明智さんの背中を睨みつけていたが、思いを振り払うように私の前に進み出て、手首をつかんだ。

「行きましょう」

真っ赤に充血した目で告げた。

「で、でも、あの人が――」

「行け……、時間がない」

すでに足元に大きな血だまりを作りながら、男がかすれ声を放つ。

「行け！」

こめかみに血管を浮かせ、男は空気がびりりと震えるほどの怒声を放った。

＊

食堂の扉を出ると、見慣れた廊下が続いていた。

三木に手を引かれながら廊下を走り、ドアが開いた状態で待機していた無人のエレベーターに駆けこんだ。

すぐさま、三木が「1」のボタンを押す。エレベーターの扉が閉まり、ガタンと大きく揺れたのち、ゆっくりと動き始めた。

美術品を運ぶためのエレベーターという設定ゆえか、やけに広い箱に流れる沈黙の時間が重かった。しかも、二階から一階へ降りるだけのはずなのに、なかなか到着しない。

「ここに立っていた人……、誰だったんですか？　いつも黙って操作していた男の人です」

落ち着きを取り戻すために何か話をしたいが、食堂の出来事を口にするには、まだ心の整理がつかない。

「彼は――、ヤスケです」

固い表情で操作パネルに視線を落としたまま、三木が答える。

「ヤスケ？」

「今日のために、手伝いに来てくれました。いえ、実際の目的は会うためでしたが、ひと足先に帰ったようです」

「会うためって……、誰に？」

「それぞれに目的があるのですよ」

三木がふたたび私の手を握る。勝手にドキリとしてしまうこちらの気持ちを知ってか知らずか、急に顔を近づけると、

「走ります。絶対に足を止めてはいけない」

と真剣な眼差しで告げた。

チンという音とともに、扉が開いた。

想像以上の強さで手を引かれ、否応なしに三木に合わせてエレベーターから飛び出す。

受付カウンターのある玄関ホールが迎えてくれる――、と思いきや、そこは私が知っている一階ではなかった。

目の前に広がるのは、夜だった。

頭上にいくつもの光跡が引かれるのを見て、どこかで同じものを見た覚えがある――、と思ったとき、左右から怒声とも叫び声ともつかぬ、獣じみた声のかたまりがいっせいに湧き起こった。目が慣れるにつれ、暗闇に蠢く、大勢の甲冑姿の男たちが浮かび上がってくる。

「こ、これ――、時代劇か何かの撮影？」

「この世界は六月二日でできています。ここは始まりの場所、あの日の本能寺。元の世界に帰るには、ここにある扉から抜け出さなければならない」

耳元で放たれた三木の言葉さえ、まわりから押し寄せるすさまじい喚声に掻き消されそうになる。

炎に包まれる大きな建物、飛び交う火矢、鳴り響く銃声、鎧もつけずに立ち向かい、バタバタと倒れていく人影——、どれも目が覚める前に見た夢そのままだ。

耳元をかすめる銃弾や、急に近づいてくる甲冑の音の迫力に何度も悲鳴を上げながら、それでも三木の手を強く握りしめ、全速力で土の上を駆け抜けた。

目指すべき明確な場所があるのか、三木は縁側から建物に上がり、奥へ奥へと進んでいく。すでに建物にも火が回り、あちこちから逃げ惑う人々の悲鳴が聞こえてくる。無残にも天井が焼け落ちた広間では、炎に包まれた襖がひとりでに倒れ、派手な火の粉を巻き上げていた。その火の粉を蹴散らす勢いで、三木は広間を突っ切り、廊下を走り抜け、厨房らしき場所に私を導いた。

「こちらです」

かまどが並ぶ土間を抜け、脇にある部屋に入ると、倉庫代わりに使っているのだろう、四方を棚に囲まれ、中央には当時「長持」と呼ばれていた、大きな木製の収納ケースがいくつも置かれていた。すでに炎に包まれた隣の建物が巨大な照明となって、格子窓から室内を照らし出す。長持の側面には、どれも「織田木瓜」の家紋が揺れていた。

「滝川様とは、ここでお別れになります」

ひとつだけ蓋が開けられた長持の前で、三木はようやく私の手を離した。

「ソフィーや、トーキチローや、ほかの人たちは？」

「ご安心ください。上様がただ顔やかたちを借りただけ。皆様方は元の世界で何も知らず、変わりなくおられます」

「三木さん……、あなたは？」

「私はここに残ります。私の役目は、上様の側にお仕えすることですから」

「ひょっとして、あなた……、自分の意思でここにいる？　あなたは他の人たちのような、人形としての役割を果たしていない。食堂でも、『私は見たくありません』とあの人に自分の希望を伝えた。明智さんのようにリセットされていないし、それどころか、戻ってきた明智さんが何をするのか知っていたから、彼の行動を止めようとした――」

あまりに端整な顔つきなせいで、これまでまともに視線を合わせることができなかったが、はっきりと目の奥までのぞきこみ、相手の正体を問いかけた。

はい、とかすかにはにかむような笑顔を浮かべ、彼はうなずいた。

「私も上様同様、自らの意思でこの世界にいます」

「ど、どうして？」

「上様が御自害するのを見届けてから、私もこの本能寺で生を終えました。短い時間でしたが、私の生は常に上様とともにあった。そして、今も上様に仕え続けています。それが私の望みなのです」

木が爆ぜる音に振り返ると、格子窓の隙間から、ちろちろと炎が侵入する様が見えた。すでにこの建物にも火が移り、燃え始めているのだ。天井からも、何かが崩れるような嫌な音が聞こえてくる。

「お急ぎください。もう少しで、扉が閉ざされます。元の世界に帰れなくなってしまう」

促されるままに、蓋を開けた長持の中に入ると、三木が壁際の棚から何かを持ってきた。

「その螺鈿模様――」

彼の手には、金庫室にて大勢が支配人を囲み、蓋を開ける瞬間を見守った、漆塗りの文箱があった。

「こちらを、お持ちください」

私の目の前で、三木は文箱の蓋を開けた。空っぽだった金庫室のときとは異なり、いかにも古そうな和綴じの冊子が収められている。

「吉田神社の神官だった、吉田兼見(かねみ)卿の日記です」

ご存じですか、兼見卿？　という声に、

「吉田兼見、明智光秀ともっとも仲のよかった公家。本能寺の変ののち、安土城に入った光秀の元に朝廷の使いとして赴いたり、『山崎の戦い』で光秀が命を落とす四日前に、いっしょに会食したり、といった内容が彼の日記には書かれていたはず――」

と「本能寺の変ツアー」のために勉強したばかりの内容が一気に口を突いて出た。

「お見事です。これは彼が光秀と特別に親しかったという理由で、後日、羽柴秀吉から罪に問われそうになったとき、反古(ほご)にされた日記です。ここには、兼見卿が聞き取った、光秀の言葉がすべて残されている」

「え？」

それって……、と絶句してしまい、次が続かない私の声を、

「本能寺の変の真相です」

と三木ははっきりと引き継いだ。

「あなたは……、ここに何が書かれているか知っているの？」

「知っています」

「じ、じゃあ、それをあの人に教えてあげたら――。そこに書かれた真相を知りたくてあの人は、何百年もひとりで悩んで、今もこんなことをしてるんでしょ？」

「それを伝えると、私は上様とお別れすることになってしまう」

目の前の若者が何を言おうとしているのか理解するために、数秒の時間が必要だった。

「でも……、これを私に渡してしまったら」

「それでも、あなたには、これを読んでほしい。覚えていますか？　明智が金庫室から逃げこんだ部屋の前で、あなたは『これ以上、人が死ぬのは駄目』と言った。歴史を知るがゆえに、次に起きることを理解し、その知識で人を生かそうとした。あのとき、私は思ったのです。この人なら、上様の心を溶かすことができるかもしれない――」

どこかで聞いたフレーズだな、と思ったとき、玄関ホールにかかってきた電話の加工し

た声が蘇った。

「心を溶かす、って——。あの電話、あなただったのね」

「お別れです。あなたが玄関から出ようと奮闘している様をのぞき見るのは、とても楽しかった。あなたにこれを託します。どう使ってくれても、私は構わない」

どこまでも穏やかな表情で文箱を差し出した彼の顔に、不意に赤みがかった光が差した。あれ？　と天井を見上げると同時に、すさまじい量の火の粉を撒き散らしながら、焼けた梁が天井を突き破って落ちてきた。

「頭を下げてッ」

熱風が押し寄せ、わけもわからぬうちに長持の中に身を屈める。頭を手で押さえながら、少しだけ顔を上げると、三木が蓋を担ぎ、長持にかぶせるところだった。

「三木さんッ」

思わず差し伸べた手を、一度だけ、強く握り返してくれた。

蓋との隙間が狭まっていく。炎に照らされた彼の顔を最後まで確かめようとしたが、蓋が閉ざされた瞬間、光も、音も、振動も、すべての感覚が私から消え去った。

その九　三条河原

よっこらしょ、と二人分のカバンを足元に置き、石畳から下りの傾斜が始まるあたりに腰を下ろした。

ああ、疲れた、と伸びをしながら、周囲を見回すが、右も左も大学生らしきカップルばかり。少し場違いな気分を感じながら三条大橋を見上げるも、まだソフィーの姿は見当たらない。

無事、大和会の発表も終わり、「大阪に帰る前に鴨川を見たいです！」というソフィーの要望を受け、三条大橋までやってきた。するとソフィーは橋のたもとにスターバックスを見つけ、鴨川を眺めながら本場の抹茶フラペチーノを飲みたいと言い出し、それならば私は場所取りをしておくよ、と先に橋から河川敷に降りて、鴨川をのぞむ特等席に陣取ったというわけである。

発表の緊張から解放されたからか、それとも寝たのか寝てないのかわからない昨夜の睡眠実績からか、鴨川の流れを眺めていると、自然とうつらうつらとしてくる。本当に少し眠ってしまっていたのか、急に隣に人が座る気配を感じ、

「あ、ソフィー先生、買ってきた？」

と慌てて顔を向けると、そこに座っていたのは彼女ではなく、男性だった。

「昨日は、よく眠れたか？」

カジュアルな色合いのジャケットにシャツという、ラフな雰囲気を醸し出しながら、支配人であり、易者であり、死体であり、織田信長であった男が、その切れ長な目を、こちらに向けていた。

「あ、あなた――」

すぐには言葉が出ず、相手の頭から足先までを確認してから、

「何が、よく眠れたか、よ！　あんな目に遭わせておいて、よくもいけしゃあしゃあと。まったく寝た気になんか、なれなかったってッ」

と一気に怒りのテンションを引き上げたら、昨日の雨ゆえか、少し水かさが増している鴨川の流れにもその声は打ち消されなかったようで、何事かとまわりの視線がいっせいに集まるのを感じた。

私の抗議も、周囲からの注目もいっさい気にならない様子で、男はジャケットのポケットから葉巻を一本取り出すと、悠々と火を点けた。

「身体に悪いですよ」

煙を嫌って少し離れたついでに嫌味のつもりで言ったら、

「死人には、関係ない」

とジョークなのか、本気なのか、判別がつかない言葉を返された。

「知ってるか？　この街にはな、俺みたいな往生際の悪い奴が、ほかにも大勢うろうろしているんだ」

「それって——、とうに死んでいるってことですか」

ああ、と男はかたまりのように濃厚な煙を口元から吐き出した。

「みんな……、あなたのこと、見えているんですか？」

周囲を見回してみるが、河原を歩く人も、河原に座るカップルも、互いの会話に没頭し、そもそも私たちには目もくれようとしない。

「さあな。ときどき、お前のように言葉を交わすことができる者が現れる。目に映っても、気づくことがなければ、それは何も見えていないと同じだ。お前は俺に気づき、足を止め、口を利いた。だから、俺はお前を誘（いざな）った」

易者の格好をして占い台を出していたことを言っているのだろうか。私にとってまさしく運の尽きだった現場で、運勢を見ようなどと持ちかけてくる悪趣味ぶり。思い出すだけで腹が立ってくる。

「あなた、今、何歳でしたっけ」

「そろそろ五百歳だ」

「見えないですね」

「若いとよく言われる」

「これからも、今日を迎えるたびに、あれを続けるんですか？」

わからん、と男は葉巻をくわえたまま、唇の端だけを開けて答えた。

「それじゃ、結局……、私は貧乏くじを引かされただけってことですか」

「貧乏くじ？」

「大凶中の大凶です。だって、そうでしょ？　銃を突きつけられて、失神させられて、火事の中を走らされて、いつＰＴＳＤを発症したっておかしくない。それなのに、座長？はまだ納得していない――。ああ、本当にムカつく」

「俺のことが、好きじゃないのか」

「言っただろう。お前たちは、俺のことが大好きだと」

はい？　思いきり裏返った声で、男をガン見してしまった。

「それは……、そういう人が多いって話で、私は――。そう、私が好きなのは、あくまでも歴史上の彼です。だいたい、あなたが織田信長だという証拠、どこにもないです」

ふむ、と男は葉巻を離し、「お前には、一等のくじを引かせてやったぞ」と煙がくゆる先端をぞんざいに向けてきた。

「一等？　冗談は休み休みに言って」

何をいい加減なことを、と思いきり険しい目を向けたら、

「『天下』を、くれてやった」

と男は妙なことを言い出した。

「天下？」

「蘭奢待を知っているか？」

「香木のことですか？　あなたが——、いえ、織田信長が切り取った」

「それが『天下』だ」

「え？」

「誰も香りを楽しまず、ただ倉に置き続けて何の意味があると、俺が東大寺の正倉院から引っ張り出して切り取らせたのに、あの日、本能寺で燃えてしまった。それをお前に与えた」

「私に、いつ？」

「ぶりぶりぎっちょうを持っているか？」

突然、話題が変わったことに戸惑いつつ、背もたれ代わりに使っていたカバンのファスナーを開け、研究発表でも再現具合がなかなか好評だった、我が「ぶりぶり」を取り出す。

それを受け取った男は、しばらくひっくり返すなどして眺めていたが、

「二つを合わせて作ったんだな」

と継ぎ目の部分を指で示した。

「はい、ぶりぶり香合を参考にしたので」

茶道で使う「ぶりぶり香合」は、外見はぶりぶりぎっちょうのミニ版だが、上下にセパレートできる作りで、お香を入れるために中が空洞になっている。

「俺のやり方といっしょだ」

「え？」

「所詮、子どもの遊びだ。わざわざ、同じ形のものを二つ用意して、ぴたり合わせるような手間をかける奴は少なかった。一木から削り出して、そのまま使うことがほとんどだった。だが、俺はこんな遊びでも絶対に勝ちたかったからな。こうやって、合わせるかたちにして、中を空洞にする。そこに石を詰めるんだ。振り回したときに力を得て、打った玉がずっと遠くまで飛ぶ」

やけにリアルな使い方の説明に、ホホウ、と思わず感嘆の声が漏れ出てしまった。

「それ、本当ですか？」

「四百年以上前の尾張(おわり)での話だがな」

男は織田信長の出身地をさらりと口にした。

「資料はあるの？　って絶対に言われるだろうけど、今日の発表内容を冊子にまとめるときに、その話をつけ加えます」

「いいのか。俺が織田信長だという証拠はどこにもないんじゃなかったのか？」

唇の端に意地の悪い笑みを浮かべ、男は「ぶりぶり」を返してきた。

「あ、あくまで参考意見として記載するだけです」

「その中だ」

「え？」

「お前にはじめて会ったとき、俺の足元にこれが転がってきただろう」

そうだった。この人との出会いは、居酒屋「うつけ者」を出たら、「ぶりぶり」を落としてしまい、それがコロコロと占い台まで転がったところから始まったのだ。

「まさか」

戻ってきた「ぶりぶり」を手のひらで計ってみるが、以前より重くなっている実感はない。「ぶりぶり」は分解されないよう、継ぎ目にテープを巻きつけている。京都に来てから、一度も剝がしていないテープをぐいと引っ張った。合わせた貝が離れるように、二つのパーツに分かれる。大阪女学館の技術の先生が、発表が終わった後も小物入れとして使えるように、と中心をくり抜いて作ってくれた部分に、見覚えのない、黒っぽい木片がすっぽり収まっていた。

「何ですか……、これ」

「蘭奢待だ。大事に扱え。天下一の名香だからな」

ええッ？　と声を引っくり返しながら、真新しい木目を晒す「ぶりぶり」とは明らかにその由来が異なる、どこか萎れた質感の木片を見つめた。

そう言えば、丹羽さんに撃たれそうになったとき、これを無我夢中で掲げたら、彼女、鼻をひくひくとさせていなかったか――。本来の香木店の店員としての鋭敏な嗅覚が、国宝級の香木の存在を察知していたのか。

鼻の位置まで持ってきて、慎重に嗅いでみた。

よくわからない。

「そうだ、私もあるんです」

ぶりぶりぎっちょうをいったんカバンに戻し、代わりに底のほうに収めていた文箱を取り出した。

「何だ、それは」

「三木さんから、預かったものです」

ジャケットから取り出したハンカチで、美しくちりばめられた螺鈿細工を拭いてから差し出す。

「お返しします。三木さんに渡してください」

「なぜ、受け取らない。アイツがお前に与えたものだろう」

美しい螺鈿で象られた「織田木瓜」を見つめながら、別れ際、炎に照らされた彼の真摯な表情に直接語りかける気持ちで告げた。

「あの人は、ずっとあなたといっしょにいたいんです。でも、一方でもうやめてほしいとも思っている。あの人の気持ち、いい加減、わかってあげてください」

文箱から顔を上げると、正面で男と目が合った。一瞬の強い揺れがその切れ長な目の奥を通り過ぎたような気がしたが、すぐに視線をそらされてしまった。そのまま東山の稜線を眺め、なるほど、シガールームでのトーキチローの言葉どおり、やけに様になる優雅な間合いで葉巻をふかしていたが、結局、何も言わずに文箱を受け取った。

「中身は読んでいません。もしも、私が読んでいいと思ったら――、こんなふうに、また渡しに来てください」

「もう一度、六月二日をやりたいということか？」

「今日以外でお願いします」

ほとんど相手の言葉に重なる勢いで即答した。

「でも、もしも――、またあなたと会う機会があって、その箱を渡されたなら、そのときは私があなたの代わりに伝えます。想いを伝えることができるのは、この世に生きている者だけ、ですから。時間を経た想いのかたまりこそが歴史なんです」

織田信長が自分の死の理由を「わからない」と打ち明けるなんて、誰が想像できるだろうか。でも、不思議なことに、その想いは四百年以上経った今を生きる私たちと同じだった。彼の想いは、ちゃんと伝えられていたということではないのか――。

ひどい経験ばかり味わったはずが、妙にあたたかなものが胸の底で蠢いて、何だかくやしいな、と相手を睨みつけようとしたら、なぜか驚いている顔にぶつかった。

「どうか……、しましたか？」

「お前と同じことを言う奴に、会ったことがある」

どの言葉だったのだろう？　と思いつつ、「それって、お仲間ってことですか？」と訊ねてみた。男はかすかにうなずいてから、

「最近、まったく顔を見なくなったから――、もう去ったのかもしれん」

密度の高い煙をほうっと吐き出した。

「去る？」

「己を満たすために追い求めていたものを得たか、それとも別の何かを見つけたか――。去っていった者からは話を聞けないからな。俺もわからん」

はあ、と風にさらわれ、すぐにかたちを失ってしまう煙の行方を目で追った。

「お前、俺に言っただろう」

「え？」

「俺は何を得たのか――、と」

ああ、と吐息で返事をした。

「俺はとっくに得ていたのかもしれないな」

何のことか？　と訊ねようとして、男の視線が太ももの上に置かれた「織田木瓜」の文箱に注がれていることに気がついた。少しだけさびしげでもあり、それでも、確かにやさしさを帯びた表情で、男は螺鈿細工を指でなぞった。

「そうですよ――。誰よりもあなたのことが好きな人がすぐそばにいるんです」

少し妬ける気持ちになって、私は両膝を抱え、川の流れを目で追った。

「何で、私だったんですか？　名字が『滝川一益』と同じだから？」

その後の権力闘争からは離脱したが、本能寺の変の時点で「滝川」は織田家の有力な家臣のひとりだった。

「それもある。名前が揃うと雰囲気が出て、俺も気が入るからな。だが、狙いはお前じゃない」

あの女だ、と男は私の頭の後ろに手を伸ばした。指の間の葉巻が示す先を身体をねじって追うと、橋の上で私を探しているのか、カップらしきものを両手に持ち、キョロキョロと視線をさまよわせるソフィーにぶつかった。

「ソフィー？」

「本来、『勝手に動く駒』はあの女が担う予定で、お前には、身体を借りるだけの、ただの駒の役をあてがうはずだった。だが、急に予定が変わった。俺の筋書きを知って、そんな目には遭わせられない、と直前になって言ってきた奴がいてな」

「あなたに言ってきた……、って誰？」

そのとき、三条大橋を東側から歩いてくる、周囲より頭ふたつ分は背が高い、黒人男性の姿が目に入った。

「あの人——」

服装はラフなシャツを着て、バックパックを背負っているが、いかにも屈強そうな、すらりとした体格と、何よりその横顔に見覚えがあった。エレベーターの操作パネルの前で、ひと言も発さずに立ち続けていた男性だ。

「滅多に顔を出さない奴だが、ひさしぶりに現れて言ってきた。自分の血が流れている者が京都に来る——」

私が視線を送っている先で、男性は立ち止まっているソフィーに声をかけた。驚いた様子でソフィーが反応する。それから何事か話しているようだったが、遠目にも復活したサムライ・スタイルのカーリーヘアが揺れ、白い歯がのぞくのが見えた。何かよほどおもしろいことを言われたのか、ソフィーがカップを両手に持ったまま、身体をくの字に折り曲げて笑っている。

「血が流れているって……、どういうことですか」

「あの頃はポルトガルに支配されていたアフリカの故郷に、奴は妻と子どもを残していた。

イエズス会の宣教師どもに連れられてはるばる日本まで来たが、四百年以上も遅れて、その子どもが追いかけてきたってことだ」

「彼は……、ヤスケさん？」

燃え盛る本能寺へ向かうエレベーターの中で三木が語っていた名前が蘇る。

「本能寺の変に参加した唯一の黒人男性――。イエズス会の宣教師が従者として彼を連れていたところ、信長がいたく気に入り、自分の護衛にすることを希望した」

河原町の本能寺の門前で、出しゃばりトーキチローが語った蘊蓄を復誦したら、

「お前は何でも知っているんだな」

と呆れた声が聞こえてきた。

「ヤスケが最初に言い出した。同じ血が流れている者の存在を近くで感じたいとな。お前を呼んだのは、あの男ということだ。文句があるなら、俺じゃなくて、奴に言え」

エレベーターの操作パネルの前に立っていたときとはまるで別人のように、男性はしきりにジェスチャーを使って、ソフィーに何事か訴えかけている。ソフィーがまた大笑いして、思わず橋の欄干から抹茶フラペチーノを落としそうになり、男性が慌てて手を添えていた。

そう言えば、今朝、目が覚めた宿は、何の変哲もない中堅どころのビジネスホテルだった。チェックインの記憶はやはりなかったが、チェックアウトの際、京都駅での待ち合わ

せの場でソフィーが口にしていた「おもしろそうなホテルを予約しました」という言葉――、あれって、どのへんがおもしろそうに感じたの？　と訊ねても、当人は「知りません、言ってません」となぜかすっかり記憶が抜け落ちてしまっていた。

それらはすべて、橋の上の彼による導きだったのか。

大きく頭の上で手を振りながら、男性はソフィーに別れを告げた。二人の距離が離れていく。改めて欄干からこちらを見下ろした彼女に、中腰になってアピールすると、ようやく気づいてくれた。

スロープを回りこむようにして、ソフィーが河原に降りてくる。

「お待たせしました、滝川先生」

サムライ・カーリーヘアを豊かに揺らしながら、

「いきなり、橋の上でポルトガル語で声をかけられて、びっくりしました。私、お父さんがポルトガル人だから、ポルトガル語わかります。でも、とても古いポルトガル語で、『ちょっと、そなた、よろしいでござるか』みたいな話し方がチョーおもしろくて、めちゃめちゃ笑ってしまいました」

とさっそく歴史的再会について教えてくれた。

「滝川先生も誰かと話していましたか？」

何で過去形？　と首をねじったら、文箱ごと男の姿はきれいさっぱり消えていた。河川敷を見渡しても、それらしき人影は見つけられない。葉巻の香りも、鴨川を吹くいい風に持っていかれてしまった。

ちょうど男が座っていた場所に腰を下ろし、ソフィーが抹茶フラペチーノを差し出す。ありがとうと受け取り、あの男もイケメンホテルマンの彼も安土桃山時代の言葉づかいからちゃんとアップデートさせていたってこと？　と思い返していると、

「先生、私と鴨川の記念撮影、お願いします。トーカンカク・カップルもいっしょに」

すでにポーズを決めているソフィーからお声がかかった。

ウィ！　とジャケットからスマホを取り出す。銃弾をもろに喰らったけど、何事もなかったかのように、無事戻ってきたスマホで「いいよー、素敵だよー、ソフィー」と何枚も写真を撮ってあげた。

「また来たいです、京都」

「だね」

もう無理かもしれないけど、橋や河原でこんなふうにすれ違えるのなら、これからここに来るたび、きっと彼のことを探してしまうな――。長持から伸ばした手を握られた、その感触の確かさを思い出しながら、冷たい抹茶フラペチーノをチューと吸い上げた。

初出誌「オール讀物」
「三月の局騒ぎ」　二〇二四年五月号、六月号
「六月のぶりぶりぎっちょう」　二〇二三年十二月号

万城目　学（まきめ・まなぶ）

一九七六年大阪府生まれ。京都大学法学部卒業。二〇〇六年にボイルドエッグズ新人賞を受賞した『鴨川ホルモー』でデビュー。同作の他、『鹿男あをによし』『プリンセス・トヨトミ』『偉大なる、しゅららぼん』が次々と映像化されるなど、大きな話題に。その後、『パーマネント神喜劇』『ヒトコブラクダ層戦争』『あの子とQ』などの小説作品の他、『べらぼうくん』『万感のおもい』などエッセイ作品も多数発表。昨年刊行した、本書のシリーズ第一作『八月の御所グラウンド』で第一七〇回直木三十五賞を受賞している。

六月(ろくがつ)のぶりぶりぎっちょう

二〇二四年六月三〇日　第一刷発行

著者　万城目学(まきめまなぶ)
発行者　花田朋子
発行所　株式会社　文藝春秋
〒一〇二―八〇〇八
東京都千代田区紀尾井町三―二三
電話　〇三―三二六五―一二一一
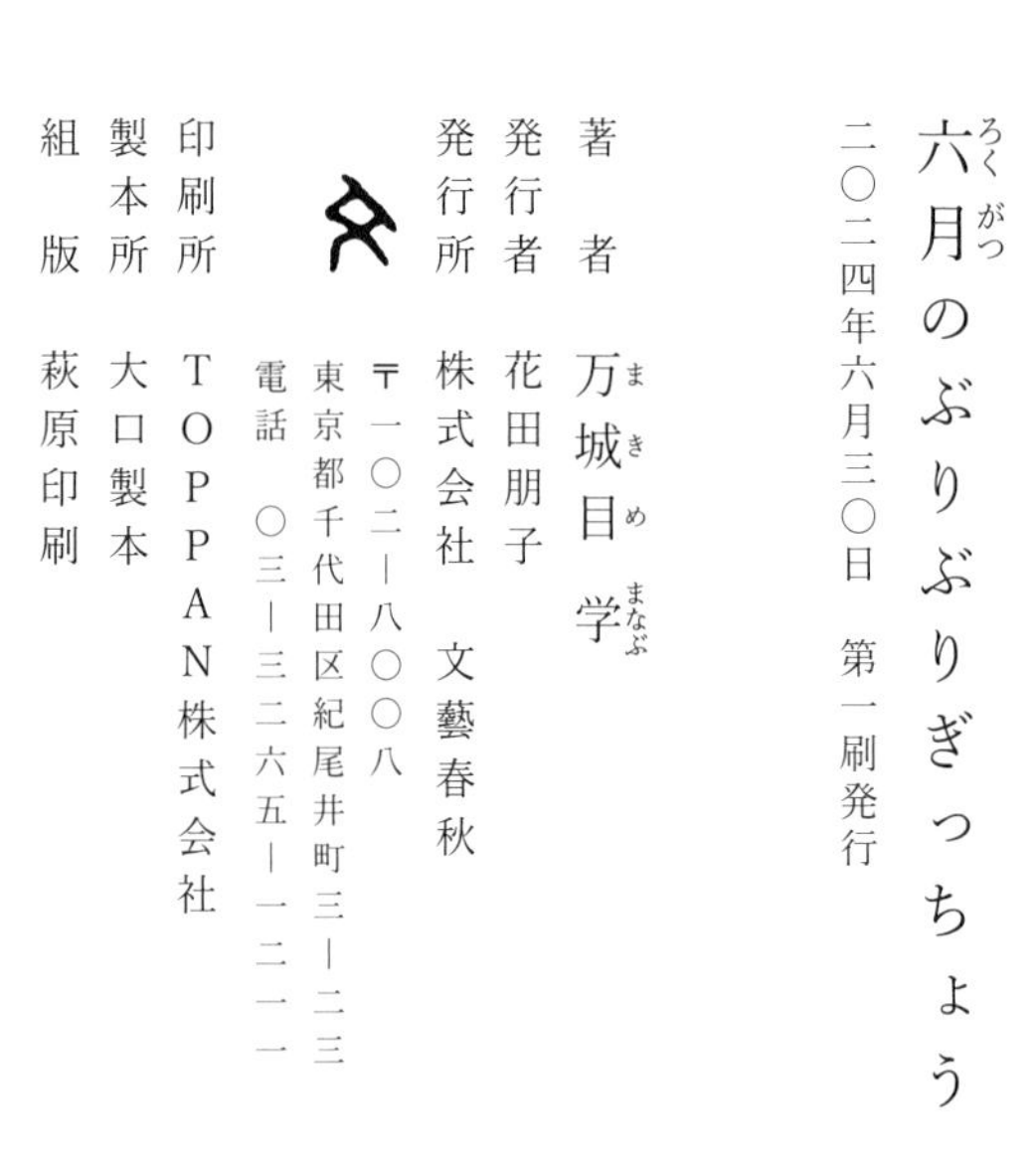
印刷所　TOPPAN株式会社
製本所　大口製本
組版　萩原印刷

　ISBN978-4-16-391862-4